U0165863

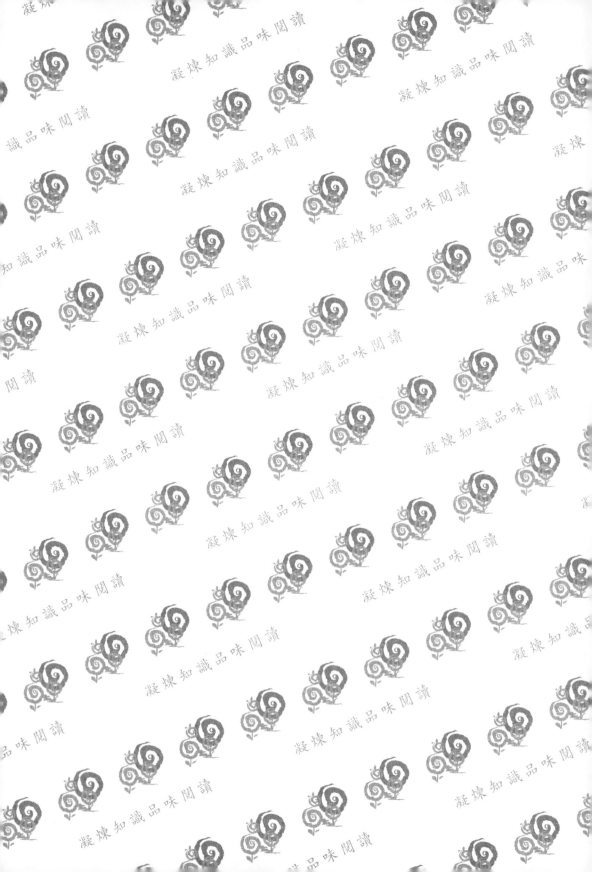

應用外語 26

英語語言學概論

五南圖書出版公司 印行

王藹玲・著

ENGLISH

序　言

　　英語語言學概論在許多國內大學的英文系或應用英語系等相關科系都訂為必修科目，但依筆者教語言學概論的經驗，很多相關科系的同學都把它視為畏途。但如果你深入去了解它，你會覺得它是一個很有趣的科目。你可以發現到，我們每天使用語言，卻有很多我們沒有想到過的有趣現象，了解之後對語言的學習會更得心應手。因此本書以最基本的語言學知識入門，帶領讀者進入語言學的領域，進而激發學習語言的興趣。

　　本書是英語語言學概論，英語目前雖為世界上使用最多的語言，但英語僅為人類數千種語言之一，人類語言的共通特性，當然英語也具有這些特性，所以我們第一章就先介紹人類語言的一些共通特性、人類語言的發展、及人類習得語言的一些現象等。在第二章裡，我們從語言最基本的語音開始，說明音的分類及各種音的發音位置。第三章我們則更進一步的談音與音之間的關係，及我們在發音時，可能會有的變化規則。第四章我們則從語言最小有意義的單位「詞素」和「字」談起，去探討構成字的一些規則。在第五章裡，我們則聚焦在字、詞、和句子的語意，即我們探討字與字之間、詞與詞之間，或句子與句子之間的關係，及它們所代表的涵義等。而在第六章裡，我們更進一步的要探討語言在不同場合的使用，我們在不同的場合會選用不同的用字遣詞，而同樣的一句話，在不同的場合也代表著不同的意思。接下來的第七章，我們則將重點放在句子的結構組織，也就是所謂的「句法學」，它主要是分析一個詞或句子的結構，先後順序等。

從第八章開始，我們就進入到所謂的「應用語言學」部份。首先我們要談的是「神經語言學」，也就是探討人類腦部神經的運作和語言發展的關係。第九章社會語言學則是談整個社會的語言結構、語言政策等。最後第十章「心理語言學」則是要探討個人語言習得的過程，影響個人語言習得的因素等等。

本書約略概括了基本的語言學範疇，是我們身為語言使用者所需具備的基本知識，至於更深一層的語言學知識，是屬於語言學家研究的範圍，我們就不列入本書研讀的範圍，讀者如果有興趣語言學，或擬繼續攻讀語言所，可以繼續深入探討。作者最大的期盼就是，本書能引起您對我們每天所使用的語言的興趣。如果您對本書所提的有關語言的各項議題有任何的想法或意見，歡迎隨時來函討論、切磋。

目　錄

第一章
人類語言概說

　　語言是什麼？其實「語言」是很難界定的，語言學家赫基特（Hockett）就提出了「語言本質的特性」（Design Features of Language），即所謂的「語言」均具有一些共通的特性，有些是一般語言所具有的共同特性，有些則是人類語言特有的特性。赫基特的理論雖經後來的學者做了變更，但基本上，如果是語言的話，都需要有訊息傳輸或接收的模式（Modality），如用聲音或手勢。另外，任何用來溝通的語言系統，都必須要有語意（Semanticity），即所有的表達都需要有意思或功能，如果一個字、詞、或句子沒有語意的話，就沒有辦法用來溝通了。除了語意之外，一個語言還必須要有語用功能（Pragmatic Function），即所講出來的每一個字或每一句話，都需要有它的目的。以人類語言來說，我們說一句話，可能是要告知對方一個事實、說服對方做某件事情、詢問對方的意見、或表達感謝、抱歉、恭喜等等。最後，一個語言的使用者，必須要有能力用這個語言傳輸或接收訊息，並了解這個訊息的意思，方式可以用口說、手勢等等，這就是語言互換的能力（Interchangeability）。一般動物的語言（當然也包括人類），大致具有上面所提的共通特性，但人類的語言，還有其它動物所沒有的一些特性，我們將在下一節做詳盡地介紹。

　　英語是世界上幾千種語言的一種，它和其它種語言一樣，有

人類語言的共同特性，也有英語本身具有的特性，如發音、文法等。因此，要探討英語語言的一些問題，就先要探討人類語言到底是什麼？人類沒有辦法發出和鈴聲、鳥聲一模一樣的聲音，動物發出的聲音也沒有辦法像人類一樣有系統、多樣性（如口語、書寫、手語等）。本章將探討，人類語言的特性有哪些、人類語言展現的方式有哪些、語言的一些文法規則又是怎麼形成的呢、又有哪些語言學家提出有關人類語言相關的假設性理論呢？等議題。藉著探索人類的語言，我們可以了解人類的思想，還有人類之所以成為人類的原因。

　　談了人類語言的相通議題之後，本書接下來的章節將分別要介紹語言學所涵蓋的各個範疇，即語音學（Phonetics）、音韻學（Phonology）、字形學（Morphology）、語意學（Semantics）、語用學（Pragmatics）、句法學（Syntax）。另外，在應用語言學方面，我們也將介紹神經語言學（Neurolinguistics），社會語言學（Sociolinguistics），心理語言學（Psycholinguistics）等。希望藉著這些與語言相關的議題的介紹，讓讀者在學英語時，更能得心應手。

第一節　人類語言的特性

　　如果你被問說，人類語言是作什麼用的，很多人應該會回答說：是用來溝通用的。但是，我們應該都知道，其它動物也會溝通，如鸚鵡會模仿人類說話、鳥叫或唱歌可能是告知周遭的環境或宣示領土主權、蜜蜂的舞蹈是告知食物的來源、螃蟹走路的方式會顯示出它的族群屬性等，那人類語言的溝通和其它動物的溝

通，到底有什麼不同呢？人類語言有下列的特性，應該是其它動物的溝通所沒有的：

1.人類語言的創造性（Creativity）

人類語言創造性的意思，簡單地說，就是我們能用有限的文法規則，創造出無限的句子。語言的句法規則是有限的，如英語句型有 S＋V（主詞＋動詞），S＋V＋O（主詞＋動詞＋受詞）等，但這些簡單的句型，運用不同單字的排列組合，卻能創造出無限的句子。此外，人類語言的創造性有另一個涵義就是，我們不需要每個句子都被教過或者聽過，才能了解別人所說的話的意思，或者才能講出一個句子，表達自己的意思。我們在腦裡都存著所謂的「心智文法」（Mental Grammar），這些文法規則，讓我們能夠講出別人聽得懂的話，也能夠聽懂別人的話。鸚鵡會模仿人的說話，但牠們是靠不斷地外部刺激來學習語言，而沒有辦法將所學到的字句排列組合，創造出新的句子。

2.形和意之間的武斷關係（Arbitrariness）

人類語言的音（或代表其音的書寫）和其意思之間的關係是武斷的，是人類自己訂的，如果你不懂一個語言，那你就沒辦法從這個語言的音或拼字中，看出一個字的意思，所以一個字的音和其意思，是我們人類武斷地把它訂下的，是需要學、需要記的。音的本身，不會洩漏它的意義的。手語也是一樣，手語的手型和移動方向等，也沒有辦法看出它的意思。

人類語言只有一小部份的字，它們的音暗含著其意義的，這一小部份的字，我們就叫它做「擬聲詞」（Onomatopoeic Words），如英語的 ticktack 是模仿時鐘「滴答滴答」的聲音，

bang 是模仿「砰」的一聲。這一小部份非武斷、模仿聲音的字，是不太需要學的，也不能作其它的解讀，如我們不能硬說「滴答滴答」是關門的聲音。

為了讓讀者對「武斷」（Arbitrariness）和「非武斷」（Non-arbitrariness）的概念有更進一步的了解，我們再用非語言的符號、標記等來做說明。我先問讀者一句話：語言是用來溝通用的，但用來溝通的只有語言嗎？我們周遭的許多標記、符號、甚至聲響都是在和我們溝通的，如紅綠燈、交通號誌、郵遞區號、數學符號、軍階標記、電腦圖示、童軍旗語、禁止吸菸標記、上下課鈴聲、汽車喇叭聲、身障停車格標記等等，無一不是在和我們溝通。在這些符號標記中，有些是「武斷的」，也就是這些是人訂的，必須要學要記的，如紅綠燈、數學符號、軍階標記、上下課鈴聲（為什麼鈴聲代表上下課？一定要用鈴聲嗎？在啓聰學校又如何表示上下課呢？）等等，而有一些則是「非武斷的」，也就是說，這些符號或標記和它們所要表達的意思，是可以很容易直接聯想的，你也不能硬要把它解讀成其它的意思，如電腦圖示、禁止吸菸標記、身障停車格標記等，我們看到這些標記，就知道它們所代表的意思了。而動物的溝通大部份是非武斷的，如一隻狗在有陌生人來的時候、肚子餓的時候、歡迎主人回來的時候，除了夾雜一些感情的成份在，叫聲都是一樣的。

3.人類語言的移位特性（Displacement）

人類語言移位的特性是指，人類語言的表達可以不限於僅涉及立即的環境，即「這裡」和「現在」，人類的溝通可以溯及既往，也可以談到未來；可以談到目前所在的位置，也可以談到離此地幾千里的地方。而現在如果有一隻狗在汪汪叫，牠只能表達

現在牠肚子很餓，現在這裡有陌生人來等，牠沒有辦法表達「昨天晚上有小偷來」。又如小狗可以訓練到慣性地到某一個地方，但如果有一天要改變地點，除非你帶牠去，否則是無法溝通的。

4.人類語言是靠文化傳輸（Cultural Transmission）

人類語言是靠文化傳輸，而不是遺傳父母的語言基因。人類應該是遺傳了父母會學語言的基因（這部份我們在下面的杭士基內置假說會有詳細說明），而不是遺傳語言本身。如一個由講中文的父母所生的小孩，他不會一出生就自動會講中文，而是靠周圍環境的語言刺激，如果他一出生就被帶到美國去，那麼他開始學的語言應該是美語了。現在我們來看看動物，一隻狗在台灣叫是「汪汪」，在美國叫也是「汪汪」；一隻貓在台灣叫是「喵喵」，在美國叫也是「喵喵」，牠們遺傳了父母的語言。

5.人類語言的分離性（Discreteness）

我們現在就以英語為例，一個句子是由一些字組成的，而每一個字又是由一些音組成，如以 She is beautiful. 為例，這個句子是由（she）（is）（beautiful）三個字所組成。另外，每一個字又由不同的音所組成，如 she 是由 /ʃ/ 和 /i/ 所組成，is 是由 /ɪ/ 和 /z/ 所組成，而 beautiful 則是由 /b/、/j/、/u/、/t/、/ɪ/、/f/、/l/ 所組成，而這些音本身是無意義的，由無意義的「音」組合成有意義的「字」，再由字組成更大的句子的單位，這就是人類語言的分離性。

所以我們可以說，人類語言的音是一個一個分離的，也就是一個音和另外一個音是不同的，不同的音合起來的音串也有不同的意思。雖然我們人類語言的音，都是落在我們人類能發音的範

圍，但是我們對音的區分是很敏感的。而動物的語言，則沒有辦法區分不同的音，或不同的意思，如以前面所提的貓和狗為例，牠們的叫聲並無法表達牠們要說的意思。

6.人類語言的雙重性（Duality）

人類的語言有雙層的組織，第一層是單獨的音，第二層則是，不同的音結合在一起會構成不同意義的字。舉例來說，我們分別發 [p]、[i]、[n] 這三個音，並沒有任何的意義，而我們如果把這三個音連在一起，發 [pin] 就有意義了，如果調換一下位置，發 [nip] 的音，則又是另外一個意思。我們由有限的音（如英語約只有50個音左右）可以產生出許許多多有意義的字，這就是人類語言的雙重性。而動物的語言，則沒有辦法組合不同的音構成不同的意義。

以上我們提到了人類語言的特性，和其它動物不同的地方，狗會依照我們的指令來做事、鸚鵡會模仿人類的聲音等都是一種刺激──反應的反射動作，是屬行為科學，而非認知理論的範疇。但我們要強調的是，我們絕對不是在說，人類的語言比動物的溝通優越，我們只是在說明人類語言的一些特性。要知道，以細胞分裂來說，阿米巴變形蟲有辦法將一隻變形蟲分裂為二，就這方面來講，我們人類還不如變形蟲呢！

第二節　懂一個語言的要件

在什麼樣的情況下，你才能說你懂一個語言呢？首先，你必須要知道這個語言的「音」（如果我們是在講口語的話），如

果是手語的話，則你必須要知道各種音的手勢。你會辨識哪些是人類語言的聲音，哪些不是，如狗吠、關門聲、鳥叫都不是人類語言的聲音。你也會辨識你自己語言的音和不是你語言的音，即使你不曉得人類發聲的實際機械運作情況，你會發出並聽懂這些音，以上這些都屬於「語音學」（Phonetics）的範疇。

另外，音的組成有其系統規則，有些音沒有辦法合在一起發音，有些音合在一起的話，則發音必須做改變，有些音只出現在句首，有些音卻只出現在句尾。雖然，我們每一個人在發同一個音的時候都會有所不同，如音的長短、音調的高低、音量的大小等，但我們卻幾乎能認出不同人的聲音，而且一串連續發出的音，我們都能將其區分為一個一個的字，舉凡這些都屬於「音韻學」（Phonology）探討的範圍。

了解一個語言，還需要知道這個語言的字的組成，如以英文來說，一個字可能會有字首、字根、字尾等詞素，而這些詞素都具有涵義，我們可以將一個字分解成一個或一個以上的詞素，也可以將幾個詞素結合在一起，構成一個字，像這類的知識我們就叫做「字形學」（Morphology）。

除了字的組成，你還需要了解句子的組成。一個句子由數個字所組成，而這些字的先後順序關係到一個句子是否合文法，一個句子要合文法，必須要符合句法規則，除了每一個字在句子中的順序外，其它如主詞、動詞的一致，否定句、疑問句等的變化規則，直述句、假設語氣的句型等探討句子結構的問題，都屬於「句法學」（Syntax）的範圍。

另外，我們懂一個語言，也需要會解讀這個語言的字、詞，或句子所代表的涵義，如兩個字的意思可能相似或相反，有的字可能有兩種以上的意思，有的句子可能合文法卻不合常理，

有些句子雖不合文法，我們卻能接受它的文學、幽默感、或隱喻的價值，這些探討有關語意方面的問題，我們稱作「語意學」（Semantics）。

　　最後，懂一個語言你也必須了解一個語言使用的環境如何影響到所說出來的話的意義，這也就是所謂的「語用學」（Pragmatics），換句話說，你會依語言使用的場合，說話的人及聽話的人及其之間的關係，談論的主題等來判斷該話的意思。

　　以上所談到的語音學、音韻學、字形學、句法學、語意學、語用學等有關語言學的各項元素，都是知道一個語言必要的條件。了解這些，你才能說你懂得這個語言。

第三節　語言能力（Linguistic Competence）及語言表達（Linguistic Performance）

　　每一個會講某個語言的人，都有對這個語言的基本知識，而這個知識是無意識的，也就是說，你不會注意到你因為有這些語言知識才會講這種語言，就如同我們會走路，但我們不一定知道身體平衡的原理或大腦管控走路的基本運作。這些語言知識包括對語音的了解，如這個語言所有語音，哪些音可以出現在字首或字尾，哪些音不可以等，另外，就是對這個語言的字的認識，也就是了解哪些音串可以構成這個語言中的一個字，還有，就是對如何把字串組合以構成句子的規則的了解。因為我們沒有辦法把所有可能的句子存在腦裡，我們必須靠我們的心智文法來判斷一個句子是否合文法性。

　　上面我們提到的語言知識，加上我們對語言的創造力，我們

可以用有限的語言規則來創造出無限的句子，這就是我們的語言能力（Linguistic Competence）。但我們如何將我們的語言能力實際上運用在我們的說話行為上，可能又是另外一回事了，這是語言表達（Linguistic Performance）。在語言能力上，我們都知道一個句子可以有無限個形容詞，但在語言表達上，我們卻沒辦法無限上綱地加形容詞，加到後來我們可能會上氣不接下氣，也可能會忘了前面講的是什麼，就像我們講話的時候，有時候會停頓、口吃、口誤等。語言能力和語言表達就好比我們騎腳踏車，我們有騎腳踏車的能力和技術，但在實際的表達上，我們可能因為黑暗視線不清、碰到凸起物、體力不支等摔了下來，因此我們可以說，語言能力和語言表達是兩回事。

第四節　人類語言的文法規則

什麼是文法（Grammars）？

　　我們傳統上認為文法就是談主詞、動詞、現在式、過去式、主動式、被動式、直述句、假設語氣等。這些都是文法，但文法的定義不該這麼狹隘。在語言學裡，「文法」的定義和我們一般對文法的認知有點不一樣，在語言學的認知裡，文法是指我們對自己語言的所有規則的了解，這個規則包括音的規則、音串組合成一個字的規則（音韻學）、字形成的規則（字形學）、字構成詞及詞構成句子的規則（句法學）、我們如何指定一個詞素、字、詞、句子的意義（語意學）、語言在實際場合的使用（語用學）等都是一個語言的文法。這些文法，加上存在我們頭

腦裡面的心智字典，就構成了我們前面所說的語言能力。現在我們就來探討一下，語言學家是如何看待文法的。基本上，語言學家對文法有一些不同的態度，也產生了不同的解讀模式，下面我們就一一的來看這些不同的模式：

1.描寫文法（Descriptive Grammars）

　　這一派的文法學家，把一個語言的使用者所共同使用文法規則列出來，就是所謂的「描寫文法」。他們認為文法沒有優劣之分，都是一樣的複雜、合邏輯、具完整性。如果一個語言的使用者沒有辦法表達一個概念的時候，他們會以另一種方式表達或創造出新的詞彙，如英語文法，是將使用英語的人，他們所講的英語分別記下所有的規則，如複數後面要加 -s，疑問句要把 be 動詞拿到句首，沒有 be 動詞的話則句首要加助動詞等。

2.指定文法（Prescriptive Grammars）

　　指定文法，其實我很想把它稱為「處方文法」，它就像醫生開處方一樣，規定你什麼時候要吃幾顆藥，它規定你一定要這麼說，文法一定要這麼用。指定文法的支持者不像描寫文法的支持者，早在文藝復興時期，一些文法學家及衛道人士認為，文法有優劣之分，某些版本的文法才是正確的，也比較高級，受過高等教育的人應該要這麼用，那時候拉丁文盛行，被認為是完美的語言，因此被拿來當作其它語言的標竿，如不能用雙重否定 I don't like no one.，you 如果是單數的話也要用 are 或 were，另外，介系詞不能放在一個句子的字尾，如 Where do you come from?，再者，如不能將 to + 原形動詞分開，中間插入一個副詞，如 to boldly go where no one has gone before 等等。

對於「指定文法」的支持者，我們實在有話要說。首先，語言文字是動態的，它隨著社會的變遷、科技的進步等，隨時在改變，文法和字的用法也隨時在改變中，講同一種語言的人，能互相了解、溝通是最重要的。其次，我們前面提到過的，所有的語言都是完整且合邏輯的，幾千年前的語言和現在的語言是這樣，科技先進國家的語言和科技落後國家的語言也一樣，人們如發現到有無法表達的概念的時候，新的字或新的說法就會產生。想想，在發明電腦或手機之前，有我們現在科技上所用的一些詞彙、一些概念，如「上傳」、「下載」、「簡訊」等嗎？

另外，如果我們的文法不是照著我們自然的口語展現出來，我們一定要照著文法的規範來說，那我們說話時一定會覺得很憋扭、不自然。對於上面所提到的一些指定文法所「指定」的一些規則，我們早就打破這些規則了，如使用雙重否定、將介系詞放在一句的句尾、to 和原形動詞間插入一個副詞等。想想如果我們一定要照著指定的文法規則來說，那語言不是就沒有進步嗎？

3.教學文法（Teaching Grammars）

教學文法簡單地說就是，這文法是列出來作為學習一個新的語言用的，而這些文法通常是以學習者的母語知識為基礎，來解釋新的語言。回想一下我們初學英語的時候，英語課本都是先列出中、英文單字的對照。語音也是一樣，先列出各個單字的音標，如英語中的發音中文沒有，如 /ð/ 音，我們則會用解釋的，如舌頭夾在兩排牙齒中間等。文法解釋的部份，則是強調中文文法和英文文法的不同，如中文問句是在句子的最後加上「嗎」或「呢」等，英文則必須將 be 動詞提到前面，沒有 be 動詞的話，

則必須要加助動詞。我們學英語時所用的文法課本，就是典型的教學文法。

4.通用文法（Universal Grammar）

通用文法，顧名思義，就是所有語言都通用的文法。通用文法提供了所有語言文法的基本框架，然後各個不同的語言，由此框架發展出其不同的文法，我們把這種各個語言獨特的變化叫做「變數」（Parameters）。我們就以錄音機來作比喻好了，錄音機有其基本架構，如每台錄音機都需要 power, play, forward, rewind, pause 等功能，就像是通用文法一樣，每個語言的文法都是由這個基本架構來的，都有其片語結構規則，每個片語都有一個「頭」和「補語詞」。但是不同型號的錄音機的顏色、形狀、按鈕的位置、大小都不太一樣，就像不同的語言，其片語補語詞的順序、數量、規則等並不一樣，構成了個別的文法。又如人類都有頭髮、鼻子、兩個眼睛、兩個耳朵（通用文法），但各種不同的人種，頭髮和眼睛的顏色、鼻子的凹凸度可能就不一樣了（個別文法）。

每個語言都有其個別的文法規則，而也有文法規則，是所有語言都適用的。早在十七世紀初，就有德國哲學家奧斯德（Alsted）提出了一般文法（General Grammar）和特殊文法（Special Grammar）的區別。他認為一般文法是反映出每種語言都適用規則模式，而特殊文法則是個別語言的文法規則。語言學家杭士基認為，人類天生就有一個學習語言的構造，生而會學習語言，這就是通用文法之一，這個學習語言的構造像一個基本藍圖一樣，所有的語言文法規則都是由此衍生出來的，這部份我們在下面會有更詳盡地介紹。長久以來，語言學家一直在尋找所有語言都適

用的通用文法，就像物理學家在找像萬有引力定律這樣所有自然現象都適用的規則。但是我們可以想像得到的是，這個通用文法的列表永遠沒有達成的一天，因為語言的複雜性，我們可能隨時要推翻原先的假說，建立新的理論，更何況，我們是沒辦法了解世界上所有的語言的。

第五節　薩皮爾‧沃爾夫假說
（Sapir-Whorf Hypothesis）

在語言學研究的歷史過程，有些語言學家對人類語言和思想的關係覺得好奇，進而作研究，本節就是要探討人類語言和思想的關係。早在二十世紀初期，語言學家薩皮爾和他的學生沃爾夫就首先提出了我們後來稱之為「薩皮爾‧沃爾夫假說」的看法。「薩皮爾‧沃爾夫假說」主要有強、弱兩個說法，強的說法我們叫做「語言決定論」（Linguist Determinism），弱的說法我們稱之為「語言相對論」（Linguistic Relativism）。語言決定論主張：我們所說的語言決定我們如何看這個世界，如美國霍皮族印第安人的語言裡，文法沒有區分時態，也沒有時態的字尾，那他們對時間的概念就不會和講英語、在意時態的人一樣。語言相對論則持較保守的說法，認為不同的語言對事物有不同的分類，因此講不同語言的人，對各種事物的看法會不太一樣。就以顏色來說，如以俄語的深藍色和淺藍色是兩個不同的字，而英語卻只有 blue 這個字，必得要加上 dark 或 light 來說明，而北美印第安納維合族（Navaho）則藍色和綠色是同一個字，蘇尼族則是不分黃色和橘色。這是不是意味著，講不同語言的人，看待顏色的方

式不一樣呢？

　　關於語言決定論，卻有語言學家持反對的意見，他們爭論的焦點在於，我們所使用的語言並不能操控我們的思想，如果我們要表達一個物件、動作、屬性、感覺等的時候，遇到了找不到適當的字的瓶頸時，我們會用描述的、用手勢、甚或創造新的字。而一些實驗研究顯示，我們的思想是不受我們所使用的語言操控的，如在一個語言句子結構對思想的影響的研究裡，熟悉「動作者─動作─接受者」這個句子結構的講英文和中文的受測者和熟悉土耳其文「動作者─接受者─動作」這個句子結構的土耳其受測者被要求看一個圖片，並用手勢比出事件動作的順序，結果不論是講哪一種語言的人，都比出了同樣的順序，就是「動作者─動作─接受者」。

　　至於語言相對論，根據研究顯示，確實具有較合理的論點。如西班牙文或德文，對於物件有分「陽性」和「陰性」，如在西班牙文中，「鑰匙」是屬陰性，「橋」則是屬陽性，英語則沒有分。一個調查文法性別是否對人類思想有影響的研究，要求受測者對一些所給的名詞加上形容詞，結果顯示，受測者傾向於用描寫男性的形容詞，描寫在他們語言內屬於陽性的物件，用女性形容詞，描寫在他們的語言內是屬於陰性的物件；而使用英語的受測者，則是傾向於有系統的用描寫女性的形容詞來描寫有些物件，而用描寫男性的形容詞，來描寫另一些物件。所以我們說，我們所使用的語言會影響到我們的想法，可能比較符合實際上的情況。

　　另外，政治人物和行銷人員也相信，語言確實能影響我們的思維，如在墮胎的爭議中，贊成的人說是「選擇的權利」，反對的人說是「生命的權利」，又如我們會以「行動不便人士」代替

「殘障人士」，但像這類所謂的「政治正確」（Politically Correct）的語言，改變說法並不會讓說話者產生新的世界觀。近期的研究報告顯示，語言並不會決定我們如何看這個世界。未來的研究應該朝向於，語言影響人類其它認知層面到什麼程度，如對事物的分類，而應該不是語言決定我們如何看待這個世界。

第六節　杭士基（Chomsky）的內置假說（Innateness Hypothesis）

　　如果我們探究一個剛學說話的小嬰兒的語言習得情況，你會認為小嬰兒的腦袋裡是一張白紙，隨著接觸越來越多的單字或詞句，這張白紙會記錄下越來越多的單字及詞句，到最後認識很多字詞時，整張白紙就記滿了所認識的字或詞嗎？依照杭士基的內置假說，事實並非如此。杭士基認為人生而會學習語言，就像人生而會走路、生而會吃東西一樣。人類遺傳自父母，說話的構造設備，而不是語言本身。前面已提到過，一個由說中文的父母所生的小孩，不會自然而然的就會說中文，但和其它小孩一樣，卻會學語言。就像教小孩學走路一樣，不需要教他，左腳伸上來，左腳放下，右腳伸上來，右腳放下，這個步驟，教小孩子一個語言，也不需要教他擠壓肺部空氣，使用發聲器官等原理，這個內置在人類身體內的機器，就像製造巧克力的機器一樣，準備好等待我們使用，只要我們把製造巧克力的原料放進去，就會產生出巧克力，放入什麼樣的原料，就會產出什麼樣的巧克力。原料就像是外部的語言刺激，有了外部刺激，就會習得語言，也就是產生巧克力。這就是杭士基的內置假說。但是又為什麼要稱作假說

呢？因為，雖然越來越多的證據支持這種說法，終究還是沒辦法做科學的實證，也沒辦法問初學說話的小嬰兒，你學語言是怎麼一回事？而我們自己根本不記得，當初開始學說話是怎麼一回事。

　　另外，人類語言的習得，其實不能完全叫做是學習。如果我們界定「學習」是將一個原本不知、不會的東西轉化成熟悉、了解的過程，我們今天認識一個單字，可以說是學習，但我們不可能學習一個句子。句子無限，我們是以存在我們腦裡面的心智文法，來組織我們要講的句子或了解別人講的句子，不是由不會到會的過程。關於杭士基的內置假說，我們在心理語言學，語言習得的部份會有更詳盡的介紹。

第七節　口語首要論（Speech Primacy）

　　我們在前面提到過，知道一個語言必須要懂得這個語言的音、字、句法、語意等，但這些完全指的是口語，並不包括書寫。你可以不知道一個語言的書寫系統，而知道這個語言。許多近代語言學家主張「口語首要論」，他們認為在語言裡面，口語是首要的，書寫是次要的，他們所秉持的理由是，口語是直接將我們的思想由腦部傳遞，表達出來，而書寫只是將這些思想記錄下來而已。即使目前使用手機傳簡訊很普遍，你還是將你最直接的思想化為文字，再表達出來。我們絕對不是說寫作不重要，我們只是說，寫作還是將我們最直接的口語思想展現出來而已。

　　口語首要論能得到支持，其實是有些理由、證據可循的。第一、書寫是直到6,000多年前才由蘇美（Sumer）地區的人所發

明，他們是爲了記錄下家畜或商品的名稱，以免忘記。而據考古人類學家的研究，人類在幾十萬年前就有口說語言了。第二、據研究報告，世界上的六、七千種語言中，約有57%的語言沒有書寫系統。而眾多的人類當中，有極大多數的人是不識字的，但他們卻能用口語溝通得很好。第三、書寫系統必須要正式教，而小孩子一出生卻很快、很自然的習得他們的母語。第四、神經語言學的研究報告顯示，我們在產出書寫語言的過程，在腦部是被壓制在口語語言之下的。最後，書寫語言是可以編輯變更的，而口語語言一說出，就無法變更，這再度證明，口語語言是最立即、直接的溝通訊號。

練(習)(思)(考)(題)

1. 如果我說「我今天學到了一個新的句子」，這句話有沒有問題
　呢？如果沒有問題，你的理由是什麼？如果有問題，問題又出在
　哪裡呢？請依本章所討論的人類語言的特性來解釋。

2. 狗會依照人類的命令動作，鸚鵡會模仿人類說話，那牠們是在學
　人類的語言嗎？如果是，是為什麼？如果不是，又是為什麼？

3. 下列我們周遭的一些符號或標記，請判明是我們人類武斷地訂它
　們的意思的，還是我們一看就知道它的意思的？
　a. 路旁禁止迴轉標記
　b. 音樂的高音部記號及低音部記號
　c. 捷運車廂內的博愛座圖示
　d. 考卷答對、答錯的記號
　e. 視障人士的點字
　f. 道路的斑馬線
　g. 童子軍旗語
　h. 逃生路線的箭號
　i. 電話區域號碼
　j. 圖書館關門前的音樂

4. 我們講我們自己的語言，講得很流利，沒有太大的障礙，但要我
　們理出一套自己語言的文法規則，我們卻有很大的困難，這是為
　什麼呢？請由心智文法的觀點來討論。

第二章
語音學（Phonetics）

第一節　語音學概說

　　語音學是探討語音的系統、發音的位置、語音的分類、語音組成的限制等。由每個人發出來的每個音，都有它的獨特性，可以說是語音的「身分證」。即使兩個人發同樣的音，甚至同樣的一個人，在不同的時間發同樣的一個音，在音譜下來看，也不會是相同的，這是因為我們每次所發的音的音調高低、音量大小、音的長短、說話的速度等，都不太可能相同。這就是為什麼，我們偶爾在電話中講話會說「我認得出你的聲音」。但如果我們發音是這樣不同的話，我們為什麼又能了解不同說話者所說的話呢？那是因為我們的語言能力，能讓我們排除那些「非語言的因素」，如音調、音量、速度等，而讓我們聚焦在「語言因素」，如音的分類、發音的位置等。在本章裡，我們首先要介紹為什麼會有語音學的產生，再來我們要介紹的是人類的發聲器官，然後我們要說明英語子音和母音的分類，最後我們要談談的是一些不影響我們判斷語音意思的一些非語言因素。

第二節　語音學的起源

原本語音和拼字不是應該一樣比較好嗎？這樣的話，我們就可以看到一個字，就能把它讀出來。但英語卻不是這樣，拼字和發音間有許多不吻合的地方，如下列的情況：

1. 同樣的音卻以不同的字母展現

   如：he、believe、see、people、sea 等，畫底線的部份均發 [i] 的音，拼法卻不一樣。

2. 同樣的字母卻發不同的音

   如：father、many、village、badly 等，畫底線的部份均是字母 a，讀音卻不一樣。

3. 兩個字母卻合併發一個音

   如：shoot、coat、physics、theater、character 等，畫底線的部份均有兩個字母，但卻只發一個音。

4. 一個字母卻發兩個音

   如：six，一個字母 x 卻發 [ks] 兩個音。

5. 有些字母在某些字卻不發音

   如：mnemonic、honest、sword、debt、knot 等，畫底線的部份均有字母，但卻不發音。

6.有些音在某字卻找不到相對應的字母

　　如：cute、fume、use 等，畫底線的部份發 [ju] 的音，卻找
　　不到對應的 [j] 音。

　　由於上述的這些情況，一些語言學家積極思考拼字的改
革。在1888年的時候，國際語音學會（International Phonetic As-
sociation）發展了一套「國際音標符號系統」，International Pho-
netic Alphabet，簡稱 IPA。這套音標系統適用於所有的語言，也
就是一音一符號，下面我們就列出英語所用到的音標符號表。

子音 Consonants				母音 Vowels		
p	m	v	ð	i	o	ɚ
t	n	z	dʒ	ɪ	ɔ	ɝ
k	ŋ	l	j	e	æ	aɪ
b	f	θ	ʃ	ɛ	ɑ	aʊ
d	s	ʧ	w	u	ʌ	ɔɪ
g	h	r	ʒ	ʊ	ə	

　　關於這個表，我們要解釋的是，這個英語音標符號表，並
不能說明英語發音的全部，來自不同區域或國家的人，可能會
有不同的發音法，如 which 和 witch 兩個字，有人會發完全一樣
的音（以 [w] 表示）。另外要說明的是，[ə] 這個音，我們叫它
是「不圓唇的中央母音」，英文叫做 schwa，在非重音音節的母
音，我們都弱讀這些母音，即讀成 [ə]，如 about 的 a，所以這個
音又叫做「弱母音」。

第三節　人類的發聲器官

　　人類的語音，到底是怎麼發聲出來的呢？整個發聲過程又是怎麼樣呢？首先，我們要了解的是，我們大部份所發出來的音，都是經由擠壓肺部的空氣，通過「聲帶」（Vocal Cords）到達喉嚨，然後進入口腔或鼻腔，最後跑出體外，發出聲音。在聲帶間的一個開口，我們叫做「聲門」（Glottis），它是位於「喉頭」（Larynx）裡面。在喉頭上面管狀的喉嚨部份，叫做「咽頭」（Pharynx），然後就是「口腔」（Oral Cavity）和「鼻腔」（Nasal Cavity），最後就是舌頭（Tongue）和嘴唇（Lips），它們能迅速地移動或變化形狀，造成不同的音，這整個發聲的流程器官，我們就叫做「聲道」（Vocal Tract）。下面的圖，就展現了整個聲道的流程：

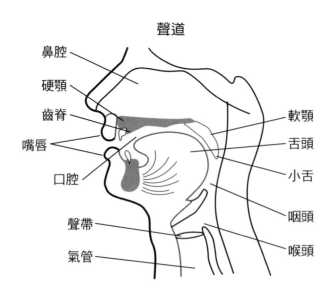

圖1

　　所有語言的音皆可分為子音（Consonants）和母音（Vowels），基本上，在發聲子音的時候，在聲道上會受到部份的阻礙，或極短暫地關閉，沒有像在發母音時那麼順暢。要注意的是，我們現在所說的音，都是以音標為準，而不是指拼字，就以母音前的不定冠詞要用"an"而不是"a"來說，如現在很流行的行動學習（m-learning），如果我們說「一個行動學習的環境」，因為 m 的發音是 /ɛm/，前面是母音，必須說 an m-learning environment，但如果是 mobile learning，則需說 a mobile learning environment，因為 mobile 前面是 /m/ 的音。又如 university 需說 a university，因為 university 最前面的音是 /j/，非為母音。下面我們就要分別來討論英語子音和英語母音的分類。

第四節　英語子音的分類

　　英語子音的分類可依發聲的位置（Place of Articulation）和發聲的方式（Manner of Articulation）來區分：

1. 發聲的位置

英語子音的發音，可依發聲的位置來分類如下：
a. 雙唇音（Bilabials）：發雙唇音的時候，我們將兩個嘴唇合再一起，有 [p]、[b]、[m] 幾個音。
b. 唇齒音（Labiodentals）：發唇齒音的時候，我們將用下嘴唇碰觸到上排的牙齒，有 [f]、[v] 幾個音。
c. 齒間音（Interdentals）：發齒間音的時候，我們通常將舌尖插入兩排牙齒中間，有 [θ]、[ð] 幾個音。

d. 齒槽音（Alveolars）：發齒槽音的時候，我們將舌頭以不同的方式，升到齒脊的部位，有 [t]、[d]、[n]、[s]、[z]、[l]、[r] 幾個音。

e. 上顎音（Palatals）：發上顎音的時候，我們將舌頭的前半部升到上顎的部位，有 [ʃ]、[ʒ]、[ʧ]、[ʤ]、[j] 幾個音。

f. 軟顎音（Velars）：發軟顎音的時候，我們將舌頭的後半部升到軟顎的部位，有 [k]、[g]、[ŋ] 幾個音。

g. 小舌音（Uvulars）：發小舌音的時候，我們將舌頭的後半部升到小舌的部位，有 [R]、[q]、[G] 幾個音。

h. 聲門音（Glottals）：發聲門音的時候，氣流從打開的聲門流出，當準備發下一個母音時，它會通過舌頭和嘴唇，有 [h]、[ʔ] 幾個音。

2.發聲的方式

上面提到子音的分類，可以以它的發聲位置來區分，另外還可以以發聲的方式來區分。如 [p] 和 [b] 兩個音，以發音位置來說，都是雙唇音，那這兩音到底是靠什麼來區分呢？我們首先就來談有聲（Voiced）子音和無聲（Voiceless）子音。當我們發 [p] 音時，我們的聲帶是打開的，氣流可以自由地從聲門（glottis）流入口腔，這就是無聲子音，當我們發 [b] 音時，我們的聲帶是緊閉著，氣流被迫要通過，就引起震動，這就是有聲子音。下面的圖示，就顯示出我們在發有聲子音和無聲子音時，聲帶動作的不同。

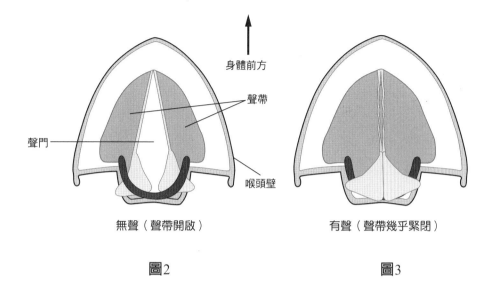

無聲（聲帶開啟）　　　　　　　　有聲（聲帶幾乎緊閉）

圖2　　　　　　　　　　　　　　　圖3

下面的表，是依有聲和無聲來區分子音。

Voiceless	[p]	[t]	[k]	[f]	[s]	[ʃ]	[ʧ]	[θ]
Voiced	[b]	[d]	[g]	[v]	[z]	[ʒ]	[ʤ]	[ð]

　　另外，無聲子音中，由於發音的順序，同樣一個無聲子音也會有不同的發聲展現。我們現在就以 [p] 這個音為例子。當我們發無聲子音的時候，聲門會打開，氣流會在聲帶間自由遊走，而當一個無聲子音後面跟隨著一個有聲子音或母音時，聲帶必須關閉，才能引起震動。無聲子音可依聲帶關閉的時間，區分為兩種：氣音（Aspirated）和非氣音（Unaspirated），當我們在發氣音的時候，聲帶在我們兩個嘴唇分開發出 [p] 這個音的時候，仍維持短暫地開啟，這時候氣流趁機會釋放出來，如我們在發 pit 中的 [p] 音的時候。當我們在發非氣音的時候，聲帶會在兩個嘴唇打開的時候就開始震動，如我們在發 spit 這個字的 [p] 音的時候。

　　要試驗氣音和非氣音，你可以在讀 pit 和 spit 這兩個字的時候，將手掌放在嘴唇的前面，或在嘴唇前放一張紙，在讀 pit 的時候，你可以明顯感受到一股氣流，而在發 spit 音的時候則不會。為了區分氣音和非氣音，我們會在氣音的無聲子音上，上標一個小小的 h，如下列的例子所示：

pit [pʰɪt]	spit [spɪt]
tick [tʰɪk]	stick [stɪk]
kid [kʰɪd]	skid [skɪd]

　　下面的圖顯示出了，發有聲子音和無聲子音的氣音和非氣音時，聲帶在嘴唇啓合時震動的時機。

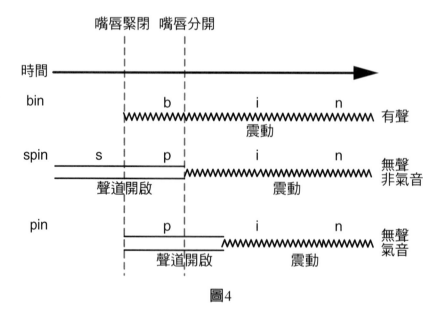

圖4

　　無聲和有聲區分了 [p] 和 [b]，但同樣是雙唇音的 [m] 呢？答案就是鼻音和口腔音，而主導這個區分的其實是軟顎。軟顎是

柔軟可以上下移動的東西，如果在發音的時候，軟顎上升，阻擋了氣流從鼻腔出去，那氣流就只能從口腔出去，這樣發出來的音就是口腔音。如果在發音的時候，軟顎下降，氣流可以同時從鼻腔和口腔出去，那就是鼻音。知道爲什麼感冒的時候講話會有鼻音嗎？因爲過多的鼻涕，會讓軟顎沒有辦法正常上升，來阻擋至鼻腔的通道，所以氣流就從鼻腔出去了，造成鼻音。

　　接下來你會發覺，我們將音的種類越分越細了，子音可以以它們的語音屬性，繼續分成下列的各種音：

a. 停塞音（Stops）：有 [p]、[b]、[m]、[t]、[d]、[n]、[k]、[g]、[ŋ]、[ʧ]、[ʤ]、[ʔ] 等幾個音。停塞音是指當我們在發這些音的時候，氣流會在口腔一段很短的時間，完全被擋住，如 [p]、[b]、[m] 我們就叫做雙唇停塞音，[t]、[d]、[n] 就叫做齒槽停塞音，[k]、[g]、[ŋ] 就叫做軟顎停塞音，[ʧ]、[ʤ] 就叫做上顎停塞音，[ʔ] 就叫做聲門停塞音。其它非停塞音，我們就叫做「連續音」（Continuants）。

b. 摩擦音（Fricatives），有 [f]、[v]、[θ]、[ð]、[s]、[z]、[ʃ]、[ʒ]、[h] 等幾個音。發摩擦音的時候，氣流會嚴重的被阻擋，以致產生摩擦。[f]、[v] 叫做唇齒摩擦音，[θ]、[ð] 叫做齒間摩擦音，[s]、[z] 叫做齒槽摩擦音，[ʃ]、[ʒ] 叫做上顎摩擦音，而 [h] 則叫聲門摩擦音。

c. 破擦音（Affricates），有 [ʧ]、[ʤ] 兩個音。發破擦音的時候，先有一個完全的停塞，然後漸漸地打開，以致於產生摩擦的效果。

d. 流水音（Liquids），有 [l]、[r] 兩個音。在發流水音的時候，氣流在口腔內有些阻擋，但輕微到不至於引起摩擦。

在發 [l] 音時，舌尖向上升起，氣流從兩側出來，我們叫
「側邊流水音」（Lateral Liquid），而在發 [r] 音時，我
們的舌尖向後捲舌，氣流則從中央出來，我們叫做「中央
流水音」（Central Liquid）。

e. 走滑音（Glides），有 [j]、[w] 兩個音。在發走滑音的時
候，氣流只有輕微受阻擋，並通常跟隨一個母音，而且這
些音通常不出現在字尾的。[j] 叫做上顎走滑音，[w] 則叫
做軟顎走滑音。這兩個音和母音非常地相近，只是它們不
像母音一樣當音節的「核心」，因此這兩個音我們又稱作
「半母音」（Semivowel）。

f. 近似音（Approximants），有 [w]、[j]、[r]、[l] 等音。在
發近似音的時候，發聲器官有類似摩擦關閉的動作，但卻
沒有真正的摩擦。

　　所以我們對子音的分類，完全是看該音的一些特性，如在發
[tʃ] 和 [dʒ] 的時候，氣流有短暫的被阻擋，所以是停塞音，而在
發這兩個音的時候，又會產生摩擦的聲音，所以就以會不會產生
摩擦的效果來說，它們是破擦音。

第五節　英語母音的分類

　　本節前面提到子音，現在我們就來談母音。我們之前曾談到
發聲的器官和發聲的位置決定所發出的音，那母音呢？基本上母
音發音比子音來得容易，發音的過程氣流沒有受到太大的阻礙，
而母音可以自成一個音節單獨發音，子音卻必須與母音同時存在
才能發音。涉及到母音發音的器官就是舌頭和嘴唇，舌頭的高低

及嘴唇的縮放決定所發的母音。所以我們依下列的問題來分類母
音：

- 舌頭在口腔內有多高或有多低？
- 舌頭在口腔內是向前或向後伸多遠？
- 嘴唇是向兩邊伸放或皺縮成圓？

我們就先來談舌頭的位置，以 [i]、[u]、[a] 三個音為例。從
下面三個圖，我們可以看出舌頭位置的不同。

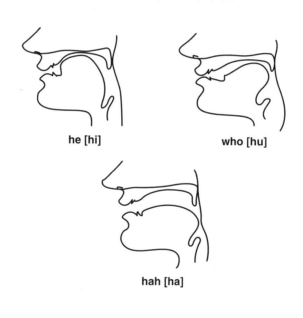

he [hi]　　who [hu]

hah [ha]

圖5

發第一個音 [i] 前舌升到最高，第二個音 [u] 則次之，發第
三個音 [a] 時，則舌頭降到最低，這就是為什麼你到醫院檢查喉
嚨時，醫生會要你說 [ah]，因為發這個音時，舌頭降到最低，醫
生才可以清楚地看到你的喉嚨。

現在我們再來談談嘴唇的縮放，發 [u]、[ʊ]、[o]、[ɔ] 等音

時，我們必須縮起嘴唇成圓形狀，我們叫做「圓唇音」，發其它母音時，則將嘴唇散開，這些則是「非圓唇音」。

另外，母音還可以以舌頭的緊縮或鬆弛的程度來區分，以 [i] 和 [ɪ] 這兩個音來說，當你發 [i] 這個音時，你會感覺到舌頭的肌肉比較緊張，而你發 [ɪ] 這個音時，則感覺上舌頭肌肉比較鬆弛。以下的表格則是以這個特性來區分的。

緊母音		鬆母音	
i	beat	ɪ	bit
e	bait	ɛ	bet
u	boot	ʊ	put
o	boat	ɔ	bore
a	hah	æ	hat
aɪ	high	ʌ	hut
aʊ	how	ə	about
ɔɪ	boy		

第一排的母音我們稱作「緊母音」（Tense Vowels），有人也將它們稱作「長母音」，這些母音在發音的時候，舌頭的肌肉通常比較緊繃，舌頭稍微高一點，所發出的音也稍微長一點。第二排的母音，我們稱作「鬆母音」（Lax Vowels），也稱作「短母音」，在發這些母音的時候，舌頭的肌肉通常比表內同組的另一個音較鬆弛，舌頭稍微低一點，所發出的音也稍微短一點。通常緊母音可出現在一個字的字尾，而鬆母音則不可能出現在一個字的字尾。

現在我們就將母音做個總整理，看看下面的圖表：

舌頭發音的部位

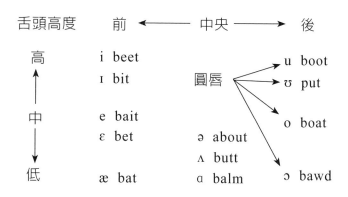

圖6

　　由上面的圖表我們可以看到，發 [i] 的音的時候，我們舌頭的前半部升高，我們稱作「高前母音」（High Front Vowels），而發 [u] 的音的時候，我們是將舌頭的後半部升高，我們稱作「高後母音」（High Back Vowels），再發 [a] 這個音的時候，我們把舌頭降到最低，我們稱作「低中母音」（Low Mid Vowels），這就是為什麼我們到醫院檢查喉嚨的時候，醫生會要我們說「啊」[a]，這樣的話，我們把舌頭降到最低，以便醫生可以看到我們的喉嚨。另外，[ɪ] 和 [ʊ] 也是高母音，不過比 [i] 和 [u] 稍微低一點。而 [e] 和 [o] 則是中母音，舌頭不升得很高，也不降得很低。[ɛ] 也是中母音，只是比 [e] 低一點點。[o] 則是後母音。發 [æ] 這個音的時候，舌頭的前半部要降低，所以它是「低前母音」（Low Front Vowel），而 [ɔ] 則是「低後母音」（Low Back Vowel），[ʌ] 是中母音，雖然發音的時候，舌頭下降，卻沒有像 [a] 音一樣，下降得那麼低。至於 [ə] 這個音，是一個非常中性的音，既不高，也不低，舌頭大致也是中段的部份

上升。[ə] 則通常出現在非重音的音節的母音。

　　現在，我們再來談談發音時的嘴唇。發音時，有時候我們將嘴唇緊縮成圓嘴唇，有時候是將嘴唇拉平。在美式英語中，使用圓嘴唇的有 [u]、[ʊ]、[o]、[ɔ] 幾個音。而有些語言，圓唇音和平唇音卻有不同的意思，如中文的「四」（平唇音）和「數」（圓唇音）意思就不相同。

　　另外，在英語的母音中，還有所謂的「雙母音」（Diph-thongs），即是兩個母音結合在一起，連續發音。很多語言都有雙母音，英語的雙母音有 [aɪ] 如 bite [baɪt]、[aʊ] 如 bout [baʊt]、[ɔɪ] 如 boy [bɔɪ] 等。下面的圖說明了，雙母音是如何由一個母音滑到另一個母音。

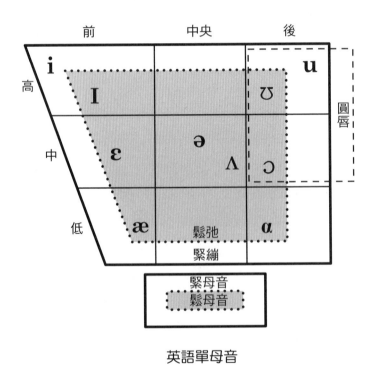

英語單母音

圖7

母音鼻音化（Vowel Nasalization）

我們在發子音的時候，有時候軟顎會上升，阻止氣流從口腔流出去，造成鼻音。我們都知道母音沒有鼻音，但是母音在同一音節內，如果後一個音是鼻音子音的話，該母音會鼻音化。而我們也會將鼻音化的母音，上面註記上一個鼻音化符號 [~]，如 bean [bĩn]、bone [bõn] 等。像鼻音化這類的符號，我們稱作「區別發音符號」（Diacritics）。關於母音鼻音化的概念，我們在下一章會有更詳盡地介紹。

第六節　語音的主要分類

生物學家首先將世界上的生物大略分為動物和植物，再將動物和植物細分為脊椎動物和無脊椎動物及喬木和灌木等。而語言學家則將人類語言的音首先分為母音和子音，隨後可繼續分成以下較小的類別：

1.非連續音（Non-continuants）和連續音（Continuants）

非連續音在發音的時候，在口腔部份有短暫地完全阻塞，這包括所有的停塞音和破擦音。除了這些子音外，其它的子音和所有的母音都屬於連續音，在發這些連續音的時候，氣流從肺部一直流動，跑出口腔。

2.阻塞音（Obstruents）和響音（Sonorants）

我們將發音時會完全阻塞或幾近完全阻塞的音稱作阻塞音，如非鼻音的停塞音、摩擦音、破擦音均屬於阻塞音。發音時

如果氣流沒受阻塞，則我們稱作響音，包括母音、鼻音的停塞
音、流水音、和走滑音等都屬於響音。

3.全子音（Consonantal Sounds）

　　所有的子音在發音的時候，氣流都會受不同程度的阻擋，
但在發走滑音 [j] 和 [w] 的時候，氣流的阻擋非常地小，幾近母
音，我們也稱之爲半母音（Semivowels），因此語言學家把走滑
音排除在全子音之外。他們把全子音大致分爲下列幾項，要注
意的是，分類並不是只有這幾項，一個音也可能同屬於不同的分
類：

　　　　a.唇音（Labials）：包括 [p]、[b]、[m]、[f]、[v]、[w] 等
　　　　　音。發音時有使用到嘴唇的，都屬於這類的音。

　　　　b.舌尖音（Coronals）：包括 [θ]、[ð]、[t]、[d]、[n]、[s]、
　　　　　[z]、[ʃ]、[ʒ]、[ʧ]、[ʤ]、[l]、[r] 等音。發舌尖音的時
　　　　　候，通常是將舌尖上升。

　　　　c.前部音（Anteriors）：包括 [p]、[b]、[m]、[f]、[v]、
　　　　　[θ]、[ð]、[t]、[d]、[n]、[s]、[z] 等音。發音的時候都是
　　　　　在口腔的前半部，即從齒槽的地方往前。

　　　　d.絲音（Sibilants）：包括 [s]、[z]、[ʃ]、[ʒ]、[ʧ]、[ʤ] 等
　　　　　音。發絲音的時候，會產生「噓、噓」的聲音，好像我們
　　　　　在警告別人要保持安靜的聲音。

4.音節音（Syllabic Sounds）

　　可以是一個音節核心的音，我們都稱作是音節音，所有的
母音都是音節音，因爲每一個音節都需要有一個母音當核心，
但可以當音節核心的音，並不是只有母音。子音中的流水音

（Liquids）和鼻音（Nasals）也可以當音節的核心，如 dazzle [dæzl]、rhythm [rɪðm] 等。我們可以在音節流水音或音節鼻音之前加一個輕音 [ə]，就成 [dæzəl] 和 [rɪðəm] 就很清楚了，這時候 [l] 和 [m] 就自成一個音節，所以這兩個字都是三個音節。

第七節　超音段的展現

除了發聲的位置和發聲的方式，還有一些超越這些音段本身的特性，如音的長短、音調的高低、重音的位置等。同樣的發音位置和發音方式，在英語有可能有不同長度的發音，如緊縮的母音通常會比鬆弛的母音來得長，但意思不會改變，而有些語言如日語、義大利語等，有的長音和短音卻會是不同的字，如在日語 K 這個音，如果它發短音的話，如 [saki] 是 [ahead] 的意思，而發長音的話，[sak:i] 則是 [before] 的意思。另外，我們講話也會有音調高低的不同，而音調高低的不同，則取決於發聲時聲道震動的快慢，如果震動愈快則音調愈高。而像英語這類的語言，每個字都有重音音節，我們在發音該音節的時候，音調都會比較高、比較大聲、甚至比較長。在英語，甚至不同的重音音節代表不同的意思呢，如 digest 在第一個音節 ´digest 是「文摘」的意思，如果在第二個音節 dig´est 就是「消化、吸收」的意思。關於這部份，我們在下一章會有更詳盡地介紹。

第八節　手語語音學

　　手語和口語一樣，也是由文法系統來規範的，它也可以像口語一樣，拆解成一個一個的音的單位。口語是由發聲的位置和發聲的方式來區分不同的音，手語則是由手勢的位置和手勢的方式來區分不同的「手語語音」，如以美語手語為例，手勢是由下面三個部份所組成：

- 手的形狀。
- 手和手臂在手語範圍內的移動（註：手語範圍是指從腰部到前額伸展前臂的距離）。
- 手在手語範圍的位置。

　　就像口語的有聲、無聲，不同的音調會產生不同的字一樣，不同的手語位置、手的形狀、移動等會造成不同的意思。手語和口語系統的類似結構，更可說明手語和口語都有相似的認知系統在掌控。

練習思考題

1. 請列出母音和子音基本上不同的地方。

2. 請說明我們人類發音的時候是如何造成鼻音和口腔音的。

3. 下面這些音，哪些是有聲子音，哪些是無聲子音呢？

   [s] [f] [ð] [z] [d] [dʒ] [b] [g] [ŋ] [w] [v] [p]

4. 下面各組的音，是哪些語音特性造成這兩個音的不同呢？

   a. [p] [b]

   b. [ʧ] [dʒ]

   c. [o] [ɔ]

   d. [k] [g]

   e. [n] [ŋ]

   f. [s] [z]

   g. [u] [ʊ]

   h. [l] [r]

5. 請舉例列出英語中的雙母音和半母音，並分別說明它們的語音特性。

6. "kid"和"skid"這兩個字中的 [k] 的發音有一樣嗎？請說明。

7. "pencil" [pɛnsl] 和"bottom" [bɑtm] 分別是幾個音節呢？你如何分析它們的音節？

第三章

音韻學（Phonology）

第一節　音韻學概說

　　我們前一章談到英語各種音發音的位置和它們的特性等，但是一個音絕對不是一成不變，像它單獨發音的時候這樣發音的。一串音中的一個音要如何發音，和它周圍的音是有關係的，也就是會受它周圍的音影響。在本章裡，我們要先從最小的語音單位談起，然後我們可能先需要知道，語音的分佈情況，才會知道在其它音都相同的情況下，某兩個音是不是造成兩個字意思不同的原因。而我們剛剛說過，一個音的發音絕對不是一成不變的，它在不同的音韻環境發音會有變化，而大多時候這些變化是有規則可遵循的，我們也要學學如何以敘述和符號的方式來表達這些規則。當然重點是，最後我們要會音韻分析，也就是在一大堆的音標語料中，找出一些規則。以上這些都是我們本章音韻學要討論的範圍。

第二節 音位（Phonemes）與音素（Phones）

　　初探英語語言學的讀者，常對英語的音位（Phoneme）與音素（phone）混淆不清，它們好像都是音的最小單位。如果把它們比喻成「個人」，就比較容易懂了。「音位」好像是一個個體的人，有單獨具有的名字，如「王小明」。「音素」則像是一個人在不同的場合具有不同的身份，如王小明在學校是王小明老師，在球隊訓練營，可能就是王小明教練，回到家裡，可能就是王小明爸爸的身份。如果你要說，那這樣的話，音位比音素大，一個音位包含一個或數個音素，那就對了，也就是說，一個音位在不同的音韻環境下，會有一個或數個不同的音素，也就是在不同的音韻環境下，一個音位可能會有不同的發音法。

　　現在讓我們回到英語語音的正題，音位就是音標表裡面的每一個音，也就是你查字典可以看到的音標，如 /p/，你也知道應該怎麼發這個音。但你知道這個音在不同的音韻環境有不同的發音法嗎？雖然你不用知道，也不用刻意去記它，更可能感覺不到，但你在發音的時候，在不同的音韻環境，發出來的音確實有些許的不同。這些不同，你不用刻意去記，也不用學。在發音時，由於發聲器官的運作，你自然而然會這樣發音。那麼，音韻環境又是什麼呢？一個音的音韻環境就是指這個音的周遭環境，也就是它的前後音。如果你說，那一個音的前後音是什麼，會影響到這個音的發音囉，就是這個意思。一個在字典上呈現出來的音，就是所謂的「音位」，而一個音位在不同的音韻環境，有幾種不同的發音法，這些發音法就是所謂的「音素」，我們下面慢

慢介紹你就會更了解了。

　　上面提到過，音韻學是研究一個音出現的規則。現就以複數的詞素 [-s] 為例，它到底要發成 [s]、[z] 或 [əz] 的音呢？或者要遵循某個規則呢？我們先排除不規則的複數形，如 woman → women，child → children 等，請先看下面的幾組字：

A		B		C	
web	[wɛb]	chip	[ʧɪp]	house	[haʊs]
word	[wɝd]	ant	[ænt]	fish	[fɪʃ]
dog	[dɔg]	creek	[krik]	size	[saɪz]
cave	[kev]	knife	[naɪf]	judge	[ʤʌʤ]
lathe	[leð]	wreath	[riθ]	speech	[spiʧ]
paw	[pɔ]				
key	[ki]				

　　如果你明確地被告知，A 組的字，如字尾加上 [s]，則需發成 [z] 的音，B 組則需發成 [s] 的音，而 C 組則需插入一個 [ə] 的音，讀成 [əz]，這樣的話，你發現到一個什麼規則嗎？對了，這個規則就是：如果一個字最後一個音是無聲子音，這個 -s 就要發無聲的 [s]，如果是有聲的子音，就要發有聲的 [z]，如果是絲音，即 [s]、[z]、[ʧ]、[ʤ]、[ʃ]、[ʒ] 等幾個音，就要在 [z] 之前插入弱母音 [ə] 讀成 [əz]。

　　像這樣的規則，如何以更簡單易懂的方式來表達呢？首先先取一個最基本的音如 [z] 為主要的規則依據，再敘述此規則的一些例外，如此，複數詞素發音的規則就可寫成如下：

基本規則：複數字尾詞素 [-s] 發聲為有聲的 [z]。

Basic rule: The basic form of the plural morpheme is [z].

1. 如單字最後一個音為絲音，則在複數詞素 [z] 之前加一輕母音 [ə] 變成 [əz]。

   Insert an [ə] before the plural morpheme /z/ when a regular noun ends in a sibilant, giving [əz].

2. 如單字最後一個音為無聲非絲音子音，則將 [z] 音改為無聲的 [s]。

   Change the plural morpheme /z/ to a voiceless [s] when preceded by a voiceless sound.

如果以圖表顯示，則可圖示如下：

	word 複數	ant 複數	size 複數
照基本規則應是	/wɝd + z/	/ænt + z/	/saɪz + z/
適用規則1	不適用	不適用	z 前面加 [ə]
適用規則2	不適用	z 改成 s	不適用
實際發音的展現	[wɝdz]	[ænts]	[saɪzəz]

　　像這種決定複數詞素需使用哪一個音位的規則，我們就把它稱作詞素音位規則（Morphophonemic Rules），英語中的過去式規則（-ed）也是同樣的道理，我們就留做練習用吧。

　　以上我們談的都是英語，其它語言也一樣，有些語言的詞素，在不同的音韻環境會有不同的發音法，我們現在就以西非的阿肯（Akan）語言為例，我們來看看阿肯語言的否定句：

mɪ pɛ	"I like"	mɪ mpɛ	"I don't like"
mɪ tɪ	"I speak"	mɪ ntɪ	"I don't speak"
mɪ kɔ	"I go"	mɪ ŋkɔ	"I don't go"

　　由上面的例子，我們可以理出一個規則，即是阿肯語言否定句的變化，在動詞之前要插入鼻音，因爲我們發現到，否定的例子中插入了 /m/、/n/、和 /ŋ/ 的音。但要插入哪一個鼻音，是要看它後面那個音的語音特性而定，如 /p/ 是雙唇音，我們就要插入同是雙唇音的 /m/，/t/ 是齒槽音，就需插入同是齒槽音的 /n/ 而 /k/ 是軟顎音，就需要插入同是軟顎音的 /ŋ/。我們可以將阿肯語言否定句的變化，寫出下面的規則：

「改變鼻音否定詞素的發音位置，使和下一個子音的發音位置一致」
（Change the place of articulation of nasal negative morpheme to agree with the place of articulation of a following consonant）

　　像這種改變一個鼻音子音的發音，我們稱作「同發音位置鼻音規則」（Homorganic Nasal Rule），也就是爲了好發音，我們會傾向於採取和下一個發音位置一致的音。

第三節　同音素（Allophones）

　　我們前面已談過音位與音素，現在我們再以另外一種方式

來看待它們之間的關係。音位是我們頭腦裡面一個抽象的音的形式，也就是一般我們字典裡所看到的音標。而同一個音標在不同的音韻環境，可能有不同的發音法，即音素，同一個音位下幾個不同的音素，我們就叫做這個音位的同音素（Allophones），萬一我們在發音的時候，將幾個同音位互換，除了音聽起來會怪怪的以外，並不會改變這個字的意思。我們下面舉幾個例子，你可能會更了解。

我們先以前章談過的母音鼻音化爲例子，母音是沒有鼻音的，但是如果一個母音出現在同一音節內一個鼻音子音之前，則這個母音會鼻音化，我們來看看下面的幾組字：

A	seed	[sid]	pin	[pĩn]
B	play	[ple]	plenty	[plẽnti]
C	low	[lo]	loam	[lõm]

注意一下，每組的字分別有相同的母音，它們是 [i]、[e] 及 [o]，但是每組後面的字，它的母音跟隨的是鼻音的子音，因此我們會將這些母音鼻音化，標以 [~] 符號在其上面，我們就分別稱 [i] 和 [ĩ]，[e] 和 [ẽ]，[o] 和 [õ] 爲同音素。

第四節　最小音對（Minimal Pairs）

「最小音對」（Minimal Pairs）是指兩個字的發音完全一樣，只有在同一個發音位置（如字首、字中或字尾）有一個音不一樣，如 pig [pɪg] 和 big [bɪg] 是字首的音不一樣，net [nɛt]

和 note [not] 是字中的音不一樣，pod [pɑd] 和 pot [pɑt] 是字尾的音不一樣等。要注意的是，我們所說的發音位置，是要看音標，而不是看拼字喔，就如我們前一章所提到過的，拼字和發音間會有許多不吻合的地方，拼字並不能代表讀音。那我們為什麼要定義「最小音對」呢？最小音對有什麼用途呢？說明白一點，藉著分析語音的分佈，我們可以檢視所看到的兩個音，是不是一個音位的同音素，也就是它們不會同時出現在一個音韻環境，如果在一個音韻環境裡，一個出現，另一個就不出現，那這兩個音就是一個音位的同音素。如以上面提到過的複數的字尾詞素 [-s] 為例，如果它前面的音是有聲子音，則發有聲的 [z] 音，如果是無聲子音，則發無聲的 [s] 音，如果是絲音的話，則發 [əz] 的音，這三個音不會同時出現的，只有一個選擇。又如 [o] 和 [õ] 這兩個音也不會同時出現，如果在同一音節內，[o] 音後面是鼻音子音的話，就一定選擇 [õ]，如果不是的話就選擇 [o]，[o] 和 [õ] 是不會同時出現在同一個音節裡面的。而如果是最小音對的話，如 [pig] 和 [big]，[p] 和 [b] 可同時出現在字首，也是造成這兩個字不同意思的主要來源，根本就是兩個不同的音，這對我們以後要學音韻分析是很重要的概念。下面一節，我們就先要來談談語音的分佈。為了區分音位和音素，我們將以 / / 符號代表音位，而以 [ ] 符號代表音素。

第五節　音的互補分佈（Complementary Distribution）與對比分佈（Contrastive Distribution）

一個音素的分佈，是指該音出現的地方的音韻環境，我們可將其分為互補分佈和對比分佈：

1.互補分佈（Complementary Distribution）

兩個或兩個以上的音，在許多不同的字中是如何出現的呢？互補分佈，簡單的說，就是一個音出現，另一個音就不會出現在同樣的地方。如我們之前提到母音鼻音化，就是一個例子。以母音鼻音化來說，母音中沒有鼻音，但在同一音節內，如母音之後為一鼻音的子音，則我們在發這個母音時會將其鼻音化，以準備發下一個鼻音的子音。現以 [i] 和其鼻音化的 [ĩ] 為例，一個單字中如有 [i] 的音，如 [big]，是要發 [i] 或 [ĩ] 呢，只有一個選擇，如它後面沒有鼻音子音，就發 [i] 的音，如它的後面是鼻音子音，則需發 [ĩ] 的音，如 [bĩn]，也就是說 [i] 音出現的話，[ĩ]音就不出現，反之亦然。這樣的話，我們就說 [i] 與 [ĩ] 是互補分佈。互補分佈是可以依規則來預測的，也就是決定要用哪一個音，是照規則來走的，如前面所舉的例子，就是母音鼻音化的規則。

2.對比分佈（Contrastive Distribution）

所謂的對比分佈就是，兩個音可以同時出現，或同時不出現。如果兩個音出現在同樣一個音韻環境，這兩個音會造成兩個

不同意思的字。以 [i] 和 [e] 爲例，以 pea [pi] 和 pay [pe] 這兩個字來說，只有最後一個音不一樣，[p] 音後面可以出現 [i]，也可以出現 [e]，它們的意思也不一樣，所以以 [i] 音和 [e] 音來說，這兩個音是對比分佈。

自由變換（Free Variation）

上面提到了互補分佈和對比分佈，但有時候的情況是，一個音有兩種以上的發音法，意思卻一樣，也就是不同的發音法不會改變這個字的意思，如下面幾組英文字的例子：

leap	[lip]	leap	[lip˺]
soap	[soʊp]	soap	[soʊp˺]
troop	[trup]	troop	[trup˺]

我們可以看出，[p] 和 [p˺] 音可以同時出現在一個字的字尾和母音的後面，而它們的意思不會改變的，就像在不同的地區，可能會有不同的口音或說法，有人讀 [lip] 有人讀 [lip˺] 這種情況，我們叫做「自由變換」。對比分佈和自由變換一樣，兩個音都可以同時出現，所以我們又把它們叫做「重疊分佈」（Overlapping Distribution）。

第六節　音位的區分特性（Distinctive Features）和非區分特性（Non-distinctive Features）

就以英語來說，有很多的音位，即我們所認知的音標。但我們通常卻不太知道，音與音之間，到底是哪些基本特性會造成兩

個音的不同。本節就是要討論會區分音位的一些特性。我們先來
看看 cap [kæp] 和 cab [kæb] 這兩個字，這兩個字除了最後一個
音 /p/ 和 /b/ 不一樣外，其它音都一樣。就是這兩個音造成這兩
個字意思的不同。而我們在前一章也提過，/p/ 和 /b/ 發音方式都
一樣，只差一個是有聲子音 /b/，一個是無聲子音 /p/，因此「發
聲」（Voicing）我們就稱它作是一個「區分特性」（Distinctive
Features）。為了展現各個音位的各種區分特性，語音學者設計
了一個矩陣模式（Matrix）來顯示。我們現在就以雙唇音 /p/、
/b/、/m/ 三個音來展現，「+」值是表示該音有此特性，「−」值
是表示該音無此特性，你可以注意到，兩個不同的音，至少有一
項特性是不同值的。

	P	b	m
唇音	+	+	+
有聲	−	+	+
鼻音	−	−	+

　　除了上面這個例子的唇音（Labial）、有聲（Voiced）、鼻
音（Nasal）外，還有更多的區分特性，我們就以下表來舉例。

	b	m	d	n	g	ŋ
有聲	+	+	+	+	+	+
唇音	+	+	−	−	−	−
齒槽音	−	−	+	+	−	−
軟顎音	−	−	−	−	+	+
鼻音	−	+	−	+	−	+

每一個音和其它的音至少有一個不同的區分特性值。

另外，母音也一樣有「區分特性值」，如±「舌後」（Back）區分 look [lʊk] 和 lick [lɪk]，±「緊縮」（Tense）區分 beat [bit] 和 bit [bɪt] 等。

除了區分特性，語音學上還有所謂的「非區分特性」（Non-distinctive Features），我們也稱它作「重複的特性」（Redundant Features）或「可預測的特性」（Predictable Features）。這些特性不會造成字義上的不同，而且可以由音韻的規則預測出，某音在某個語音環境下具有何種特性。現在我們就以前一章所提過的氣音（Aspirated Features）爲例，如果無聲子音 /p/、/t/、/k/ 等是在一個字的字首，如 [pʰit]，則 [pʰ] 的音爲氣音，如在無聲子音之後，如 [spit] 則 [p] 的音爲非氣音（Unaspirated），這個原則是靠音韻的規則來決定的，如光靠 /p/ 一個音，並無法決定它是氣音還是非氣音。

另外，要提醒讀者的是，區分或非區分特性並非所有語言都一樣，如以鼻音來說，在 Akan 語言裡，非鼻音的母音和鼻音的母音會造成意思的不同，如 [ka] 是「咬」的意思，[kã] 則是「說」的意思。又如在英語子音中，鼻音是區分特性，如我們都知道 /m/、/n/ 和 /ŋ/ 是鼻音，其它的爲非鼻音。但如果是英語母音，我們則需依該母音的音韻環境，來判斷它是不是鼻音，如母音後面同一音節的下一個子音是鼻音，則此母音需鼻音化，這在前面已提到過，所以在英語，鼻音在子音是區分特性，在母音則是非區分特性。

第七節　音韻規則

　　由之前的敘述，我們可以了解，每個音的發音並非一成不變，需看這個音的音韻環境而定，而音的改變，都是由音韻規則來決定，也都是由這些規則來預測的。我們首先要了解，語音會有簡單的自然分類。所謂自然的分類就是，一組的音可以簡單的描寫它們共同的特性，如「無聲子音」（Voiceless Consonants）包括 /p/、/t/、/k/、/ʧ/ 等。有了自然分類，我們在敘述音韻規則的時候，就不需要一個一個的列出該分類裡面的每一個音了，如我們只要說是「無聲子音」，就不需要把所有無聲子音都列出來了。下面我們就來認識一些音韻規則。但在認識一些音韻規則之前，我們先來了解，一個音韻規則是怎麼訂的。

　　首先，一個音韻規則需包括三部份：

- 所涵蓋的受影響的音級範圍。
- 作何種改變。
- 在什麼樣的音韻環境下，需要做此改變。

現在我們就以前章提到過的母音鼻音化的規則來了解：

- 這個規則所涵蓋的音級範圍是母音，即所有的母音均受制於這個規則。
- 這個規則是陳述將口音的母音改變成鼻音的母音。
- 而這個改變的語音環境條件是，如果這個母音在同一音節內，它的後一個音是鼻音子音，則這個母音就要鼻音化。

如果寫成敘述式的規則，就像下面：

如果一個母音是出現在一個屬同一音節的鼻音子音之前，則將此口音母音改成鼻音母音，如果寫成英文則如下：
Change phonemic oral vowels to phonetic nasal vowels if the vowels occur before a nasal consonant within the same syllable.

而這種敘述式的規則也可以以符號的方式來表示，我們先來認識一下一些表達的符號：

V	＝母音
C	＝子音
→	＝變成
/	＝在這音韻環境之下
—	＝在 _____ 之前
$	＝一個音節的結束
+	＝具有此特性
—	＝不具有此特性

我們再同樣以母音鼻音化的規則為例子，如以符號表示，則可寫成如下：

V → [+ nasal]/_____ [+ nasal]$

音韻規則基本上我們是改變某個音的特性，如將無聲子音氣音化 [Pʰ]、將母音鼻音化 [õ]、插入或刪除一個音（如 /g/ 在字首不發音）或將不同的音趨向於發同樣的音等（如母音在非重音音節發 /ə/ 音）。下面我們就來看看一些不同的音韻規則：

1.同化規則（Assimilation Rules）

上述的母音鼻音化，即是一種同化規則，它是指在有些發音過程中，為了較容易發音，我們會複製鄰近該音的音質特性用在此音上，母音鼻音化的例子 ，就是將鼻音的音質複製到母音上。

2.異化規則（Dissimilation Rules）

同樣是要讓發音容易，有時候卻要將音異化，尤其是在兩個太相近的音連在一起的時候不好發音，異化規則也是為了好發音，我們來看看下面的例子：

-al	-ar
annu-al	annul-ar
fraction-al	frug-al
monument-al	modul-ar
remedi-al	regul-ar
sign-al	simil-ar
trib-al	triangul-ar

一般說來，大部份的形容詞字尾我們會用 –al，但是如果在此之前就是 /l/ 音，為了好發音，我們會改成 /r/ 音。

3.音素插入或刪除規則（Segment Insertion and Deletion Rules）

音韻規則中，也可能是插入一個音或刪除一個音。我們先來談插入一個音，這個過程我們就叫做「增音」（Epenthesis）。現在，我們就以前面講過的複數形的規則為例子，一個名詞的複

數，或動詞第三人稱單數現在式等，字尾必須要加 -s，但如果字尾和 -s 一樣是屬於絲音（Sibilants）呢？這樣怎麼發音呢？為了方便發音，我們在兩個絲音間加入一個 [ə]，讀成 [əz]，這樣的話我們就可以寫成如下的規則：

當一個名詞的音是絲音結尾時，構成複數時，複數音素 /z/ 之前，需插入 [ə] 音，變成 [əz]

Insert a [ə] before the plural morpheme /z/ when a regular noun ends in a sibilant, giving [əz]。

如果用符號的方式表達，則可寫成如下：

Ø → ə /[+sibilant] ＿＿＿＿ [+sibilant]

Ø 是代表原來沒有這個音，變成要在兩個 sibilant 音之間加入 [ə] 音。

現在我們來談談音素刪除規則，我們以下面的 /g/ 音為例子：

A		B	
resign	[rɪzaɪn]	resignation	[rezɪgneʃn]
sign	[saɪn]	signature	[sɪgnətʃər]
design	[dɪzaɪn]	designation	[dezɪgneʃn]

看看上面這些音我們可以發覺到，如果 /g/ 音出現在鼻音尾音之前不發音。我們注意到，A 欄字的 /g/ 都不發音，而 B 欄的字 /g/ 都要發音，另外我們再看看下面的例子：

A		B	
gnaw	[nɔ]	gold	[gold]
gnome	[noum]	garage	[gəraʒ]
gnarled	[nɑld]	dig	[dɪg]

我們可以發覺到 /g/ 音如果出現在句首而它的下一個音是鼻音的話，則 /g/ 不發音。這樣的話，我們可以合併寫成下面的通用規則：

如果 /g/ 音出現在句首，而它的下一個音是鼻音；或者出現在鼻音音節尾之前，則 /g/ 不發音

Delete a /g/ word initially before a nasal consonant or before a syllable-final nasal consonant.

4.趨同規則（From One to Many and from Many to One）

在此之前，我們所談的都是一個音位展現出不同的音素，而有些情況則是，不同的音位，卻以同樣的音素展現，就是諸多個音位，卻趨向於發同一個音，如下面的趨同例子：

A		B	
able	[e]	ability	[ə]
compete	[i]	competition	[ə]
photo	[o]	photography	[ə]
solid	[ɑ]	solidity	[ə]
access	[æ]	accessible	[ə]

我們可以看出，在 A 欄裡，粗體字的母音均在重音的音節裡，而且有各種不同的發音，在 B 欄裡，同樣的母音是在非重音的音節，發音一律變成輕母音 [ə]。這個音韻規則，我們可以寫成如下：

> 如果母音出現在非重音的音節，則將該母音改成 [ə]。
> Change a vowel to a [ə] when the vowel is reduced.

以上所談的是一些語言的音韻規則，我們並以英語為例。這些規則也可能適用在其它語言，我們在第九節的音韻分析裡，就是要從不同語言的語料中，找出一些其所遵循的規則。

第八節　音位配列限制
（Phonotactic Constraints）

所有的語言，均有它語音排列規則和限制，如我們的注音符號，ㄅㄨ 可以讀出音來，ㄨㄅ 就不可以，ㄨ 可以單獨發音（如：屋、汙），ㄅ 就不能單獨發音。同樣的，英語的發音也有很多限制，最典型的例子如下：

- 在停塞音（Stops）之後，同一個音節內不能再有另外一個停塞音，如 /g/ 之後不能有 /p/、/k/ 等音。
- 如果一個字以 /l/ 或 /r/ 開頭，那麼下面一個音一定要是母音。
- 如果一個字以 /ʧ/ 或 /dʒ/ 開頭，那麼下面一個音一定要是母音。

- 一個字的開頭，不能有三個以上的子音，如果有三個子音，音位配列的順序也要照下面的規則：/s/ +（/p/, /t/, /k/）+（ /l/, /r/, /w/, /j/ ）。

以上所談的這些關於音位的限制，我們就叫做音位配列限制（Phonotactic Constraints）。這種限制許多語言都有，不同的語言有不同的限制，甚至不同的手語都有不同的限制呢！

第九節　音韻分析（Phonological Analysis）

我們在本章的第二節已談過音位和音素，如 /p/ 音可發成 [p]、[pʰ] 等音，但語言學家是怎麼發現這個現象的呢？如果我們沒學過英語語音學，我們又怎麼會知道，同一個音位在不同的音韻環境下有不同的音素呢？如果某個語言不是我們的母語，我們又不熟悉，我們又怎樣能區分這個語言的音位或某個音位的同音素呢？如果我們要作音韻分析，我們必得將音標的標記標明得非常詳細，我們才會知道某兩個音，到底是一個音位的同音素，還是根本就是兩個不同的音位。下面我們先以較簡單的例子，來說明如何作音韻分析。我們就以 [t]、[d]、[ɾ] 這三個音來做說明。[t] 和 [d] 的語音特性完全一樣，除了 [t] 是無聲，[d] 是有聲以外。而 [ɾ]（稱作翻轉音，flap）則是介於 [t] 和 [d] 間的中性音，如讀 writer 和 rider，兩個字讀起來都是用這個中性的音，讀起來幾乎一樣，那我們來看看這三個音的分佈到底是怎麼樣的一個情形。首先，有語言學家就檢視這三個音的音韻環境，找出了它們出現的規則如下：

[t]：V'_#

#V_'

C_V

V_C

[d]：#_V',

V'_#,

V'_C

[ɾ]：V'_V

（以上符號 V 代表母音，V' 代表重音音節的母音，C 代表子音，＃代表一個音節的結束，_ 則是代表該音會出現的地方）

從上面的表我們可以看出，[t] 出現在重音母音之前或之後，[d] 則出現在重音母音之前或之後，及重音母音與子音之間，[ɾ] 則出現在重音母音與非重音母音之間。由以上的分析，我們可以得知，只有當在重音母音和非重音母音之間，我們才發[ɾ] 中性的 [ɾ] 音，因此我們可以寫出下列的規則：

齒槽停止音如 [t]、[d] 等，在重音母音和非重音母音之間會變成翻轉音 [ɾ]。

An alveolar stop becomes a flap in the environment between a stressed and an unstressed vowel.

我們再來看看芬蘭語（Finnish）的例子，我們提供了下面的語料，引號裡面是每個字的英語意思：

1. [kudot]	"failures"	5. [madon]	"of a worm"
2. [kate]	"cover"	6. [maton]	"of a rug"
3. [katot]	"roofs"	7. [ratas]	"wheel"
4. [kade]	"envious"	8. [radon]	"of a track"

　　現在我們的問題是，/t/ 和 /d/ 是兩個不同的音位，還是同一個音位的兩個同音素？我們首先可以查查，這些字裡面是不是有最小音對。審視的結果，我們發現 2、4 和 5、6 分別為最小音對，即 /t/ 和 /d/ 會造成意思的不同，因此我們可以判定，/t/ 和 /d/ 在芬蘭語裡面，是兩個不同的音位。

　　現在我們再來看看一個較複雜的例子，以下的語料是希臘語，我們要看的是下面四個音 [x] [k] [c] [ç]，這四個音是四個不同的音位，還是某個音位的同音素呢？

[x]　無聲軟顎摩擦音

[k]　無聲軟顎停塞音

[c]　無聲上顎停塞音

[ç]　無聲上顎摩擦音

1. [kano]	"do"	9. [çeri]	"hand"
2. [xano]	"lose"	10. [kori]	"daughter"
3. [çino]	"pour"	11. [xori]	"dances"
4. [cino]	"move"	12. [xrima]	"money"
5. [kali]	"charms"	13. [krima]	"shame"
6. [xali]	"plight"	14. [xufta]	"handful"
7. [çeli]	"eel"	15. [kufeta]	"bonbons"
8. [ceri]	"candle"	16. [oçi]	"no"

要決定這四個音的情況，先要回答下面四個問題：

(1) 語料中有任何最小音對嗎？

(2) 有任何互補分佈的非區分特性嗎？

(3) 如果有發現非區分特性的音素，那這些音素的音位是什麼？它們的同音素又有哪些？

(4) 這些同音素，又是依哪些音韻規則而來的呢？

我們經過分析，可以得到下面的答案：

(1) 由語料中，我們可以看出 [k] 和 [x] 在不少地方是最小音對，如

　　1、2，

　　5、6，

　　10、11，

　　12、13

　　因此 [k] 和 [x] 是區分特性。[c] 和 [ç] 也是，如

　　3、4，

　　8、9

　　而 [x] 和 [ç]，[k] 和 [c]，我們則沒辦法找到最小音對，來證明它們是屬於不同的音位。

(2) 我們現在就來看看 [x] 和 [ç]，[k] 和 [c] 是不是互補分佈呢？我們先列出它們的音韻環境如下：

音素	音韻環境
[k]	在 [a]，[o]，[u]，[r] 之前
[x]	在 [a]，[o]，[u]，[r] 之前
[c]	在 [i]，[e] 之前
[ç]	在 [i]，[e] 之前

　　由上面我們可以看出，[k] 和 [x] 爲非互補分佈，它們都

可以出現在非前母音，而 [c] 和 [ç] 也一樣，它們可同時出現在前母音之前。而 [k] 和 [c] 則是互補分佈，[k] 只出現在非前母音和 [r] 之前，而 [c] 只出現前母音之前，也絕不出現在 [r] 之前。最後，[x] 和 [ç] 也因同樣原因成互補分佈，我們因此可以確定，[k] 和 [c] 是一個音位的同音素，而 [x] 和 [ç] 也是一個音位的同音素。

(3) 上面我們的結論是 [k] 和 [c] 是一個音位的同音素，但我們應該選 [k] 還是 [c] 是這組同音素的音位呢？我們選擇的原則是找最基本的、最簡單的方式，[k] 出現在非前母音和 [r] 之前，是軟顎音（表列有四個音），而 [c] 只出現在前母音之前（表列有兩個音），因此我們選擇 [k] 為主要的音位，即 /k/ 這個音位有兩個同音素 [k] 和 [c]。同理，我們也選 /x/ 做為 [x] 和 [ç] 同音素的音位。

(4) 我們現在就根據上面的分析，來寫出有關音韻的規則：
在前母音之前，將軟顎音發成上顎音
Palatalize velar consonants before front vowels
如果我們以符號表達，可寫成：

[+velar] → [+palatal] / ____[-back]

因為只有子音才有軟顎音，也只有母音才有前、後母音，我們就不需要重複有關子音或母音的其它特性。

第十節　詩韻結構（Prosodic Structure）

上述所提到的發音位置，發音方式等並不能概括一個音的所

有特性，還有超越一個音的所有特性，如音的長度、音調高低、重音等，我們把這些特性叫做詩韻結構，取其詩有其韻律的結構，可能在某些地方重讀的意思。

　　我們就先來談音的長度吧。在英語裡，有些音的發音位置和發音方式完全一樣，發音的長度卻造成兩個不同的音，如之前提到的長母音和短母音的對照，長母音的發音通常比短母音長一點點。不過，以英語來說，發音的長短倒不會影響這個字的意思，如果將一個音加長，只會表達說話者的強調、請求、吃驚等。在其它語言如日語、義大利語等，有時候一個音的長短，是代表不同的意思。

　　現在，我們再來談音調高低。音調高低取決於聲帶震動的快慢，震動得愈快，音調就愈高。女生和小孩的喉頭（Larynx）比較小，所以震動比較快，音調也就比較高。

　　下面我們來談談音節（Syllable）的結構。一個字通常由一個或一個以上的音節所組成。一個音節是一個音韻單位，由一個或一個以上的音素所組成。每一個音節有一個「核心」（Nucleus），這個核心為母音或可當音節的子音。核心之前可以有一個或一個以上的音素，我們叫做「前音」（Onset），核心之後也可以有一個或一個以上的音素，我們叫做「尾音」（Coda）。核心和尾音加起來，我們就稱它為「韻腳」（Rime）。下面我們就以 streets 這個字為例，來畫它的音節結構。

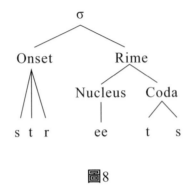

圖8

　　另外一點必須要談的詩韻特性就是「重音」。許多語言在某些音節都必須讀得稍微大聲一點、長一點、音調高一點，這就是所謂的重音，我們以（ˊ）符號來代表。有時候甚至不同的重音位置，代表不同的意思，如 present 這個字，如果它是名詞「禮物」的意思，重音是在第一音節「ˊpresent」，如果是當動詞「贈送」的意思，重音則在第二音節「preˊsent」。但並非所有的語言都這樣，如法文的每個音節，大小聲長短，音調高低等都一樣的。

第十一節　聲調語言（Tone Language）和語調語言（Intonation Language）

　　世界上所有的語言大致可分為兩種，一種是聲調語言，另一種是語調語言，下面我們就分別來介紹這兩類的語言：

1.聲調語言

　　上面我們提到，音的長短和重音會造成發音的不同。在某些

語言，這些不同會造成不同的字，而音調的高低，在某些語言也會造成不同的字。一個音節音調的高低如何影響到它的意思，隨語言有所不同，有些語言用母音或音節的音調來區分不同的字，就叫做「聲調語言」，世界上有一半以上的語言是聲調語言。

　　我們平常講話，聲調可能自然的會有高低，但聲調的高低，在不同的語言可能代表不同的意義。有些語言，如中文、泰文等，聲調的高低是代表不同的意思，如中文有四聲，「花」，「華」，「法」，「化」，是分別代表不同的意思：

　　　「花」：第一聲，低音調

　　　「華」：第二聲，高音調

　　　「法」：第三聲，升音調

　　　「化」：第四聲，降音調

　　如果一個聲調，維持在一定的水平，像中文的第一聲和第二聲，我們就稱爲「固定音調」（register tone），如一個聲調由一個音上升至另一個聲調，那我們則稱爲「曲折音調」（contour tone）。一般說來，一個聲調語言都分別會有兩個或三個的固定音調和曲折音調。

　　在這裡要提醒讀者的是，我們這裡所謂的聲調高低，是指相對的，而不是絕對的。也就是說，不是一定是達到某一個音頻就是高音調，而是音調與音調之間的比較。如鄰近的兩個音節，A音節比 B 音節的音調高，那 A 音節就是高音調，B 音節就是低音調。一般說來，音調高低都是用來區分字的意思，但也有用來做爲文法的功能的，如奈及利亞的艾鬥（Edo）語言，低音調及物動詞是表示現在式，高音調則表示過去式。

2.語調語言

　　有些語言如英語和法語，一個字音調的高低，是不會影響這個字的意思的，我們稱之爲「語調語言」如 me 這個字，在 It's me. 這個句子裡，讀的是降音，在 It's me? 裡讀的是升音，但意思都是一樣的。這種語言，和音調的高低是全然沒關係的，它的不同主要反應在整個句子的語調高低，重讀要強調的部份，如上面的句子，降音是直述句，升音則是疑問句。當然，對要強調的字，在語調語言中我們也會重讀，如下面的例子：

I am from Taiwan.

I bought a handbag for Mary's birthday.

圖9

　　上面的這兩句，第一句可能在回答 Where are you from? 的時候，要強調是來自台灣，第二句則是在回答 What did you buy for Mary's birthday? 的時候，要強調買的是手提包。

1. 依照本章所示範的分析英語複數型的方式，舉例分析英語的過去式，說明過去式的音素（-ed）在什麼情況下發什麼音。寫出它的規則後，並依圖表表示。

2. 下面幾組音均非英語，但其英語意思均寫在旁邊的引號內，請指出哪些是最小音對。

    a. [telʌm]   "book"   [tɛlʌm]   "book"

    b. [bækt]   "towel"   [pækd]   "close"

    c. [miska]   "bowl"   [miʃka]   "little mouse"

    d. [kətage]   "letter"   [kətage]   "paper"

    e. [sudɪ]   "trials"   [sjudɪ]   "hither"

    f. [lɪs]   "fox"   [lɪʃ]   "lest"

3. 下面的語料爲奧奈達語，請用下面提供的表格判定 [s] 和 [z] 是不是互補分佈。某音在某個音韻環境下如果出現就打（V），看看是不是一個出現，一個就不出現，或者有兩個同時都可出現的情況。

    [lashet]   "let him count"   [kawenezuze?]   "long words"

    [la?sluni]   "white men"   [khaiize]   "I'm taking it along"

    [loteswatu]   "he's been playing"   [lazel]   "let him drag it"

    [shahnehtat]   "one pine tree"   [tahazehte?]   "he dropped it"

    [thiskate]   "a different one"   [tuzahatiteni]   "they changed it"

    [sninuhe]   "you buy"   [wezake]   "she saw you"

    [wahsnestake?] "you ate corn"

	#＿＿＿	＿＿＿C	C＿＿＿	V＿＿＿V
[s]				
[z]				

4. 下面語料是加拿大東部的一個語言，請分析看看 [u] 和 [a] 是一個音位的同音素，還是兩個不同的音位？

a. [iglumut]　"to a house"　　f. [aniguvit]　"if you leave"

b. [ukiaq]　　"late fall"　　　g. [ini]　　　"place, spot"

c. [iglu]　　　"(snow)house"　h. [ukiuq]　　"winter"

d. [aiviq]　　"walrus"　　　　i. [ani]　　　"female's brother"

e. [pinna]　　"that one up there"　j. [anigavit]　"because you leave"

5. 請寫出下列各組音中，區分它們不同的特性。要注意的是，區分它們不同的特性不一定只有一個喔。

a. [i] / [ɪ]

b. [s] / [θ]

c. [b] / [m]

d. [f] / [v]

e. [l] / [r]

f. [θ] / [ð]

g. [ʧ] / [ʤ]

h. [k] / [g]

i. [o] / [ɔ]

j. [n] / [ŋ]

6. 將下列的敘述規則以符號表達。

a. Alveopalatal africates become fricatives between vowels.

b. A schwa is inserted between a voiceless bilabial stop and voiced lateral liquid.

7. 將下列的符號改以敘述規則表達。

a. f　　 v

　 s→　 z / V_____V

　 θ　　 ð

　 ∫　　 ʒ

b. i→　 ɪ / _____#

　 e　　 ɛ

第四章
字形學（Morphology）

第一節　字形學概說

　　字形學（Morphology）是探討字的組成，以英語來說，當然指的是一個字的拼字，如字首、字根、字尾等的組合。本章我們最主要要介紹「詞素」的概念，我們稱它爲「最小有意義的單位」，它比字還小，卻是有意義的。接下來我們要討論的是字與字之間的各種關係，如相似詞、相反詞等及我們創造新字的來源。最後我們要做「詞素分析」，也就是要從一個語言的一系列字中，理出一個字的組成的規則。

第二節　字的分類

　　一般說來，大部份的語言都可分爲兩種類型的字：實體字（Content Words）和功能字（Function Words）。英語的實體字包括名詞、動詞、形容詞、副詞等，它們可以實質上指出一件物品、一個動作、描寫一個屬性等。它們又被稱爲開放類的字（Open Class Words），由於社會的變遷、科技的進步、價值觀的改變等，這類新的字一直被創造出來，加到字典裡，如部落

格、簡訊、卡奴、土石流等，都是後來才加入字典的字彙；功能字則包括介系詞、連接詞、冠詞、代名詞等，這些字主要是用作文法用途，以符合文法的需求，並沒有實質上的意義。這些字又被稱作封閉類的字（Closed Class Words），因為這些字，一直都是這些，沒有新的字被創造出來，如介系詞，永遠是 in、on、at、of 等那些字，而連接詞也永遠是 and、or、but 等。

　　為什麼要分實體字和功能字呢？人類是很聰明的，不會自找麻煩，找些事情來記的。那為什麼要這樣分呢？這樣分其實有神經語言學和心理學上的意義的。首先，「失語症」患者被發現有一定的規則可循，某些失語症患者無法使用功能字，他們會忽略介系詞、連接詞等，另一些患者卻無法使用實體字，他們會把「蘋果」說成「書桌」，雖然他們知道蘋果是一種可以吃的水果。這除了可以證明實體字和功能字是由腦部不同的部位在負責以外，對醫學上也很有幫助。如今醫生已經找出腦部負責語言的部位藍圖，那麼只要觀察患者語言產出的資料，就可以大致判斷其受傷部位。另外在正常人的情況，我們偶爾會說溜了嘴（Slips of the Tongue），不小心把字的位置掉換了。但研究報告顯示，這種錯置只發生在實體字與實體字間，或功能字與功能字間，如 my father's friend 我們可能不小心會說成 my friend's father，但是實體字和功能字之間的錯置，好像不會發生，這又再度證明，實體字和功能字是由我們腦部不同的地方在負責的。

第三節　字的形成

　　那麼，一個字到底是怎麼形成的呢？也就是一個字到底包括

哪些部份呢？這些部份有沒有先後順序呢？本節我們就來討論這些問題。一個比較複雜的字，如 un-friend-ly，會包含字首（Prefixes）、字根（Roots）、字尾（Suffixes），如果是一個簡單的字，可能就只有一個基本的字根（如 easy）。字根加上一個字首或字尾，我們就把它叫做「字幹」（Stems）。我們現在就以 unfriendly 這個字來做例子，可以分解如下：

> 字根　　friend
> 字幹　　friend + ly
> 字　　　un + friend + ly

也就是說，字幹是介於字根和字之間的中介字，當然它也可以是一個字如 friendly。而如果一個字要加上字首或字尾是有一定順序的，就以"unfriendly"這個字來說，"friend"這個字根一定要先加上字尾 -ly，再加上字首 un-。有關字首、字根、字尾的概念，我們會在下一節裡作比較詳盡地介紹。

第四節　詞素（Morpheme）

　　如果被問到，語言最小有意義的單位是什麼？你會回答是什麼呢？答案是「詞素」，不是字（詞素比字還小），也不是字母（字母沒有意義）。詞素是語言最小有意義的單位（Minimal Units of Meaning），卻不一定是一個字，如 bi-（表示「二」或「雙」的意思），un-（表示「否定」或「不」的意思），tri-（表示「三」的意思）等，均有其意義，卻不能稱為一個字。當然，一個簡單的字如 friend、boy、window 等，也是詞素，也就

是說，這些字不能繼續被分解成更小的有意義的單位。一個字可能由一個、兩個、甚至三個以上的詞素所組成。例如 friend 是一個詞素，friendly 是兩個詞素，friend（朋友）＋ ly（形容詞），unfriendly 是三個詞素，un（不）＋ friend（朋友）＋ ly（形容詞）。本節要討論的，就是詞素的一些特性和構成字的各種不同詞素。

　　首先，我們要說明的是詞素的「分立性」（Discreteness），也就是詞素除了不能再被細分為更小的有意義單位外，它的意義一定要是固定的。我們就以 -er 這個詞素來說，在 worker、writer、reader、player 這幾個字裡，-er 是代表「做什麼事的人」，而在 taller、shorter、nicer、harder 這幾個字裡，-er 的意思是「比較怎麼樣」，在這種情況之下，雖然它們的拼字和讀音都一樣，但它們卻是兩個不同的詞素，就像同名同姓的兩個人一樣。而像 father、finger 等字，字尾的 -er 根本就沒有意義，所以不能稱為是詞素。

　　由於詞素都有固定的意義，我們很容易將一個詞素加在一個字根或一個字上，而構成另外一個字，並且很容易猜出它的意思，如 -able 是「能夠怎麼樣」的意思，如果它加在 change 的後面，就變成 changeable「可改變的」，如果前面再加一個字首 un-，變成 unchangeable，就是「不可改變的意思」，而類似這種詞類的組合，可以說是無限的。

　　下面我們就要來談談詞素的種類，詞素基本上可分為限制詞素（Bound Morpheme）和自由詞素（Free Morpheme），限制詞素並不是一個字，它們不能單獨存在，必須要和一個字根或其它詞素結合在一起，如 pre-、un-、-ness、-ment 等，而自由詞素則是可以單獨存在的字，如 boy、think、desk、run 等。而限制詞

素又可分爲：字首（Prefix）、字尾（Suffix）、字腰（Infix）、字環（Circumfix），這些統稱爲「字綴」（Affix）。

　　字首和字尾，顧名思義，就是出現在字首，如 pre-、dis-、bi- 等或字尾，如 -ed、ing、-ly 等詞素。要注意的是，不同的語言所展現的字首或字尾可能代表不同的意義，同樣的意義也可能以不同的方式展現，如在英語，代表複數的詞素是字尾的 -s 或 -es，而在 Isthmus Zapotec 這個語言，複數卻是字首的 ka-，又如字尾 -ak 在 Turkish 是代表名詞的意思，在 Piro 是代表「在什麼裡面」的意思。現在我們再來談談字腰和字環，字腰就是插入在其它詞素中間的詞素，如在 Bontoc 這個語言裡，在名詞或形容詞的第一個子音後面插入 -um-，就將該字變成動詞，代表「to be 怎麼樣」的意思，例如 fikas 是 strong 的意思，fumikas 就是 to be strong 的意思。在英語裡，除了一些粗鄙猥褻的字外，幾乎沒有這類的詞素。另外，字環是指那些詞素附在字根的前面和後面，如 Chickasaw 這個語言，它的否定句是在字首加 ik- 和在字尾去掉母音後加 -o，例如 lakna 是 it is yellow 的意思，iklakno 則是 it isn't yellow 的意思。不過也和字腰一樣，這類的詞素在英語裡幾乎沒有。

　　一些字首或字尾加到一個字根上，一個新的字就會產生，或者詞性會改變，如名詞變成形容詞（health → healthy），動詞變成名詞（predict → prediction），形容詞變成動詞（rich → enrich）等，也有的情況是詞性不會改變，但意思卻改變了，如 believe（相信，動詞）→ disbelieve（不相信，動詞）等，這些我們把它們叫做「衍生詞素」（Derivational Morphemes），因爲這類的詞素一加到一個字根上，一個新的字就衍生出來了。

第五節　詞彙差距（Lexical Gaps）

　　有些字母或音的組合符合字彙的組成規則，也很像是一個字，如 flig、slarm、krobe 等，但這些字都沒有出現在字典裡，我們稱這種情況叫做「詞彙差距」（Lexical Gaps 或 Accidental Gaps）。所以會造成詞彙差距，可能有幾個原因：首先，有可能是我們沒有指定一個意思給這個字。我們都知道，一個字之所以成為一個字，除了它需要符合字的形和音的組成規則，另外就是它需要有一個意思，如果一組音沒有一個意思，那再怎麼樣也無法稱為一個字。另外一個可能的原因就是，這個「字」是可能存在的，但是還沒有人正式用，如 un- 字首我們都知道是表示「不」或「否定」的意思，這個字首可以和很多字根結合在一起，我們很了解，當然還有很多以 un- 為字首的字沒被使用過，如 un-borrowable, un-standable 等。我們當然無法確定，是不是真的沒有人這樣用，但至少字典裡面沒有列出這些字。

第六節　字彙的增加

　　人類的語言是動態的，不是固定靜止在那邊的。也就是說，新字不斷地在增加，舊字也由於生活型態的改變，人與人的接觸越趨頻繁等，而改變意思，或增加額外的意思。字典語料庫的單字，都隨時在增加，以應付科技、社會、政治、體育等的變遷。那麼，這些增加的字，到底是怎麼來的呢？字彙增加的過

程，除了經由衍生的步驟，加上字首、字尾等，基本上新字的來源有下面幾種方式：造字、名祖字、部頭語、複合字、混合字等，也可以使一個字進入一個語言的字彙庫裡。下面我們就分別來談談。

1.造字（Word Coinage）

有些字就直接由工業界、科學界或廣告業創造出來了，如照相業的「柯達 kodak」，紡織業的「耐隆 nylon」、「奧隆 orlon」、「達克隆 darcon」，影印業的「全錄 xerox」等，而有些字如 xerox，則已由牌子名轉變成通用的名稱，代表「影印」的意思。另外在商業界，不久前出現 dot.com 這個字，它是由網際網路的網址來的，是指「經營網路業務的公司」的意思。另外，有些字首或字尾詞素，我們可以加上不同的詞素，來構成不同的意思，如 -phobia 是代表害怕什麼的意思，就有卡通畫家發明了 logizomechnophobia 這個字，是「害怕計算用途的機器」的意思，ellipsosyllabophobia 是「害怕音節消失的字」的意思，pornophobia 是「害怕娼妓」的意思。另外如 ex- 是指「前⋯」，則後面很多的名稱字根都可以加，如 ex-President, ex-student, ex-teacher 等。又如由於科技的進步，網路的功能大大的增加，e- 表示 electronic，有 e-mail, e-commerce, e-book 等。

2.名祖字（Eponyms）

名祖字原本是人名、地名、牌子名等專有名詞，由於這些專有名詞具有某種特性，或為初次使用這種有代表性的名稱，後來變成一般通用的普通名詞了。人名的例子如 sandwich 這個字原本是在 Sandwich 島，因它的第四個伯爵喜歡將食物夾在兩

片麵包中間，以便他在賭博的時候可以吃，「三明治」因而得名。又如 robot 原本是捷克劇作家 Karel Copek 的一個劇本 Rossum's Universal Robots 中一個會動的機器的名稱，後來就變成「機器人」的通稱。另外如「比基尼泳裝 bikini」和「女同性戀者 lesbian」原本都是地名，bikini 是因該地的女生喜歡穿這類的泳裝，而 lesbian 則是因為當地的女同性戀者很多（註：這個說法遭到當地女性的抗議）而得名。

3.部頭語（Acronyms）

部頭語就是將幾個字合在一起的一個特別詞彙，取其每一個字的第一個字母合成一個字，作為這個名詞的新字，如雷達（Radar-Radio Detecting and Ranging），雷射（Laser-Light Amplification by Stimulated Emission of Radiation），還有像愛滋病（AIDS-Acquired Immune Deficiency Syndrome）等都是部頭語。

4.複合字（Compounds）

複合字即兩個或兩個以上的字，合在一起變成一個字，如 homework、whitewash 等。而各種不同的詞性均可構成複合字，如 bittersweet（形容詞+形容詞）、homework（名詞+名詞）、pickpocket（動詞+名詞）、headstrong（名詞+形容詞）等例子。最近由於網路發展快速，也出現了許多複合字，如臉書（Facebook）、行動商務（mobile commerce 或 m-commerce）、人肉搜索（crowdsourcing）等。

現在，我們再來討論複合字的詞性。基本上，如果兩個組成字屬於同一詞性，那所組成的複合字，毫無疑問的就是這個詞性，如 boy（名詞）+ friend（名詞），boyfriend 就是名詞，又

如 icy（形容詞）＋ cold（形容詞），icy-cold 就是形容詞。如果
兩個組成字詞性不一樣，一般是以最後面那個字的詞性為主，
因為最後面那個字是這個複合字的「頭」。如 head（名詞）＋
strong（形容詞），headstrong 就是形容詞，又如 pick（動詞）＋
pocket（名詞），pickpocket 就是名詞。但如果最後一個組成字
是介系詞的話，我們則以非介系詞的組成字為此複合字的詞性，
如 sun（名詞）＋ down（介系詞），sundown 為名詞。

　　另外，我們要談談複合字的意義。一個複合字的意義，不
一定絕對就是那幾個組成的字面上的意思。下面有一些有趣的
例子：Redcoat 是指美國戰爭時期的英國士兵，非穿紅色外套的
人，cathouse 是指妓院的意思，不是貓住的房子，bigwig 是指大
亨，非指很大頂的假髮，而 jack-in-a-box 是「黃花菖蒲」，一種
熱帶樹，和所組成的字，一點關係也沒有。

5.混合字（Blends）

　　混合字和複合字有點類似，都是兩個或兩個以上的字組
成，但在混合字裡，其中有的字部份被切割了，如我們最熟知
的 brunch（早午餐）是 breakfast 和 lunch 的混合、motel（汽車
旅館）是 motor 和 hotel 的混合。另外，有不少牌子、產品等專
有名詞，其實也都是混合字，如藥妝店 cosmed 即是 cosmetics
（化妝品）和 medicine（藥）的混合，而快遞公司 FedEx 則是
federal（聯邦）和 express（快遞）的混合字。

6.逆構詞（Back-formations）

　　逆構詞是指由於錯誤的詞素分析、社會的變遷、科技的進
步等因素，我們反過頭來創造出一些字，來形容其實是早期的東

西，以便和新的產物區分，如塊狀肥皂（bar soap），以前的肥
皂都是塊狀的，現在卻有瓶裝乳液狀的，我們必須造出「塊狀肥
皂」這個名詞來區分。又如真空管電視（tube TV），早期的電
視都是真空管的，現在已經進步到液晶電視了，如果你是在講
早期的真空管電視，你必須要特別說明是 tube TV，否則聽的人
就會理所當然地認為你是在講現在的電視。至於錯誤的詞素分析
的例子，如漢堡（hamburger）。其實這個字就是「漢堡」的意
思，是不能再切割成更小的詞素，但是有人以為 ham 是一個詞
素，是「火腿」的意思，那如果我們不放火腿，改放 cheese，那
就是 cheeseburger 囉，而 burger 好像也變成是代表「漢堡類」的
詞素了。

　　7.縮減詞（Clippings）

　　　縮減詞是我們將一個字縮減為一個較短的字，而有些字都已
經變成正式的字在用了。縮減詞我們有時候是去掉字的前部分，
如 android（人形機器人），我們說 droid，telephone（電話）我
們則說 phone，有時候我們是去掉字的後半部，如 facsimile（傳
真）我們說 fax、examination（考試）我們說 exam，有時候我們
則是前後都去掉一些，如 influenza（流行性感冒）我們說 flu、
refrigerator（電冰箱）我們說 fridge。

第七節　變化詞素（Inflectional Morpheme）

　　　一些功能字，如 it、and、to 等都是自由詞素，也就是說它
們是一個獨立的字，可以單獨存在，但大致僅做為文法方面的

用途，它們的意思，有時候常要看它們所在的句子而定，比如 it
這個代名詞，在不同的句子有不同的意思：

It is hot today.　　　　it 指天氣

It is 5 o'clock now.　　it 指時間

It is Friday today.　　 it 指星期

另外，有些變化詞素是非自由詞素，也就是，它們必須要和
其它字根連在一起，做為文法用途，表示出時態、單複數，比較
級、格等，這些詞素，我們就叫做「變化詞素」。而英語的變化
詞素就只有以下這八種：

-s	第三人稱、單數、現在式（third-person singular present） 例：She write-s a letter every day.
-ed	過去式（past tense） 例：I talk-ed to her yesterday.
-ing	進行式（progressive） 例：The children are play-ing now.
-en	過去分詞（past participle） 例：He has eat-en two apples.
-s	複數（plural） 例：There are several book-s on the desk.
-'s	所有格（possessive） 例：Mary-'s father is a teacher.
-er	比較級（comparative） 例：I am short-er than you are.
-est	最高級（superlative） 例：He is the tall-est player in the team.

第八節　詞素分析（Morphological Analysis）

　　一個語言的使用者，通常都能理解、分析他所使用語言的一個字的內部結構，這就是我們在第一章所提到的心智文法。他能將存在腦裡有關字的文法知識，理出一套構成字的規則。但是，如果你不懂一個語言，你怎麼分析一個字的詞素呢？又怎麼知道一個字裡面有多少個詞素呢？

　　首先，你可能要問這個語言的母語使用者，怎麼用他們的語言講各種物件、動作、描寫等。當然，這個目的可以用手勢、模仿等來達成。其次，在你收集一堆的字之後，將其列出來，找出是否有某一串的字，代表同樣的意思，也就是找出重複出現的字串。現在，我們就先以我們比較熟悉的英語為例。如果你收集到的資料是這樣的：

英文字	你被告知的中文意思
short	短
shorter	較短
shortest	最短
easy	容易
easier	較容易
easiest	最容易
happy	快樂
happier	較快樂
happiest	最快樂

英文字	你被告知的中文意思
heavy	重
heavier	較重
heaviest	最重
hard	困難
harder	較困難
hardest	最困難

　　現在你分析這些英文字，只要是比較怎麼樣的話，字尾都會加 -er，如果是最怎麼樣的話，字尾都會加 -est，而你還注意到，要加 -er 或 -est 的時候，如果最後一個字母是 y 的話，就要改成 i，於是你可以寫出下面的規則：

　　字根（root）：short, easy, happy, heavy, hard
　　比較級（comparative degree）：字尾加 -er
　　最高級（superlative degree）：字尾加 -est

　　如果字根最後一個字母是 y 的話，則需先改成 i，再加上比較級或最高級的詞素。
　　我們再來看看一些我們較不熟悉的語言，我們現在就以墨西哥原住民語 Michoacan Aztec 為例，請先看一下下面的語料：

[nokali]	"my house"	[mopelo]	"your dog"
[nokalimes]	"my houses"	[mopelomes]	"your dogs"
[mokali]	"your house"	[ikwahmili]	"his cornfield"
[ikali]	"his house"	[nokwahmili]	"my cornfield"
[nopelo]	"my dog"'	[mokwahmili]	"your cornfield"

　　我們可以看出，語料裡面有三個主要的字：*house*、*dog*、*cornfield*。我們先看 *house* 這個字，我們發現有 *house* 這個字的都有包含 *kali*，因此我們可以大膽判斷，*kali* 就是 *house* 的意思。我們再看看有 *dog* 意思的，都包含有 *pelo*，有 *cornfield* 意思的，都包含有 *kwahmili*，依此檢視下去，我們得知 *no-* 是 *my*，*mo-* 是 *your*，*i-* 是 *his*，而複數型則是在字尾加 *-mes*。由此，我們可以列出我們的詞素分析結果如下：

kali	"house"
pelo	"dog"
kwahmili	"cornfield"
no-	"my"
mo-	"your"
i	"his"
-mes	"plural"

　　以上的例子，讓我們可以大致了解如何分析一個語言的詞素，但要注意的是，一個詞素可能在不同的語音場合，有不同的拼法或讀法，這些變化都有規則來掌控的，我們在前章音韻學部份已有詳盡地介紹。

1. 請說明我們如何將字分類為實體字和功能字，這樣的分法在醫學上和心理學上有什麼意義呢？

2. 下面的字請填入它們詞素的數目，並分別列出其中的自由詞素和限制詞素。

單字	詞素的數目	自由詞素	限制詞素
a. denationalize	_____	_____	_____
b. globalization	_____	_____	_____
c. easiest	_____	_____	_____
d. striven	_____	_____	_____
e. amazement	_____	_____	_____
f. reusable	_____	_____	_____
g. punishment	_____	_____	_____
h. unbelievable	_____	_____	_____
i. comfortable	_____	_____	_____
j. activation	_____	_____	_____

3. 請分別說明，下面的字是以何種方式進入單字的語料庫裡呢？

a. paparazzi

b. televise

c. turncoat

d. flatfoot

e. gas

f. SARS

g. camcorder

　　h. spork

　　i. laundromat

　　j. NASA

4. 下面的語料是蘇門答臘地區的一個語言，請分析其語料後分別回
　答下列的問題。

[deŋgán]	"good"	[duméŋgan]	"better"
[tíbbo]	"tall"	[tumíbbo]	"taller"
[rɔá]	"ugly"	[rumɔa]	"uglier"
[gokan]	"full"	[gumokán]	"fuller"
[rahis]	"steep"	[rumáhis]	"steeper"
[holom]	"dark"	[humolom]	"darker"

　　a. 比較級的詞素是什麼？

　　b. 這個詞素是屬於哪一類的字綴？

　　c. 如果 [datu] 是"wise"的意思，那"wiser"怎麼寫？

　　d. 如果 [sɔmal] 是"usual"的意思，那"more usual"怎麼寫？

　　e. 如果 [dʒumɛppɛk] 是"shorter"的意思，那"short"怎麼寫？

　　f. 如果 [lumógo] 是"drier"的意思，那"dry"怎麼寫？

第五章
語意學（Semantics）

第一節　語意學概說

　　語意學主要探討詞素、字、詞、句等的意涵，有時候我們所用的一個字，或所說的一句話，並不能照字面上的意思來解讀；有時候一個字、一個句的解讀，需要靠文章的上下文或說話的場合來解讀。我們用語言來提供訊息（如：My sister is a doctor.），詢問問題（如：Do you like dogs?），下命令（如：Come here!），表達祝福（如：We wish you a pleasant journey.），表達道歉（如：I apology for the mistake I have made.）等等。如之前所提過的，語意也是文法的一部份，如果你有語意學的知識，你會知道哪些是字，哪些不是字，哪些句子是合理的，哪些句子是不合理的，哪些句子暗含了兩種以上的寓意，或一個句子怎麼用另一種方式說出等。本章將語意學分成兩部份來探討：詞句語意學（Phrasal and Sentential Semantics）和字彙語意學（Lexical Semantics）。在詞句語意學裡面，我們要討論的是詞或句子的語意現象。在字彙語意學裡面，我們則聚焦在字與字之間的關係。另外在本章裡，我們也要討論違反語意的一些現象及句子中的名詞在該句中所扮演的角色。

第二節　詞句的語意
（Phrasal and Sentential Semantics）

在這一節裡，我們所要探討的是詞或句子的語意。我們首先要談的是一個詞句的眞實條件，即是一個陳述，在什麼條件之下它是對的，在什麼條件之下我們說它是錯的。另外，我們要探討的是詞句語意的一些現象及詞句與詞句間的關係，如贅述、改述、矛盾、悖論等。

眞實條件（Truth Conditions）

一個句子是否是眞實的，如何判斷呢？基本上來說，除非你是在那個情境之下，不然你不會知道這一個句子是對的還是錯的。你只能說一個句子在什麼樣的情況下是對的，在什麼樣的情況下是錯的。舉例來說：聖誕節是在十二月二十五日（Christmas falls on December 25.）這句是對的還是錯的呢？依我們對這個世界上事實的認知，我們可能會說當然是對的，但是如果我問你：馬達加斯加的國慶日是二月二十日，你可以立即告訴我這句話是對的還是錯的嗎？除非你去查相關資料，不然你可能沒辦法回答這個問題。所以一個句子的眞實性，不是靠我們對這個世界的認知，我們只能說如果馬達加斯加的國慶日是二月二十日，這句話就是對的。如果不是，這句話就是錯的。如果以較複雜的語意學的規則來說，我們先把上面這句話的例子分成兩部份：Christmas 和 falls on December 25，Christmas 是名詞片語（NP），falls on December 25 是動詞片語（VP）。如果把名詞

片語當成是一個單位個體，動詞片語是一群的單位個體，也就是 Christmas 是一個單位個體，falls on December 25 是一群落在十二月二十五日的個體，如事件、節日等，如果這個單位個體是屬於這一群個體的一份子，那麼這句話就是對的，否則的話就是錯的。

我們再更深入地來探討「真實條件」這個議題，現在有一個句子：傑克說他肚子很餓（Jack said that he was hungry），這句話的真實條件是什麼呢？也就是在什麼樣的情況下，這句話是對的呢？答案是：如果真的有傑克這個人（There is indeed a person named Jack），而傑克確實說他很餓（Jack did say that he was hungry）。要注意的是，「傑克確實說他很餓」是重點，這和他是不是真的很餓沒關係喔。我們再看一個例子就比較清楚了：班代表說，老師說明天不用上課（The class leader said that the teacher said that there is no class tomorrow），這句話的真實條件是，如果班上確實有一個班代表（There is a class leader in the classroom），而班代表確實有說「老師說明天不用上課」（The class leader did say that the teacher said that there is no class tomorrow），那這句話就是對的，否則的話就是錯的，這和老師到底有沒有說明天不用上課或明天確實需不需要上課沒關係喔。

贅述（Tautologies）、改述（Paraphrases）、矛盾（Contradictions）、悖論（Paradoxes）

現在，我們再來看詞句語意的一些現象：贅述、改述、矛盾、和悖論：

• 「贅述」指一個句子在任何情況之下永遠是對的，如「圓

圈是圓的」（Circles are round）〔註：不是因為圓的才叫圓圈嗎？〕，又如「單身的人都沒有結婚」（A person who is single is not married）〔註：不是因為沒有結婚才叫單身嗎？〕，似乎這些句子都是廢話，這種現象我們把它叫做是贅述。

- 「改述」指兩個句子的真實條件永遠相同，只是換另外一種說法而已，如「約翰今天上課遲到」（John came to the class late today）和「約翰今天到學校已經上課了」（To-day John came to the class after the class has started），這兩種說法意思完全都一樣，也沒有顯示哪一句提供較多的訊息，這種情況，也有人把它稱作「換句話說」。

- 「矛盾」指兩個句子的真實條件正好相反，如果一個是對的，另一個就是錯的，如「瑪莉單身」（Mary is single）和「瑪莉已經結婚了」（Mary is married），如果 Mary is single 是對的，那 Mary is married 就是錯的，如果 Mary is single 是錯的，那 Mary is married 就是對的。另外一種例子如「我的哥哥是我父母唯一的小孩」（My brother is my parents' only child），那你呢？你是不是你父母的小孩？這句話顯然矛盾。

- 「悖論」指一個句子我們實在沒有辦法判斷它是對或錯，它好像是錯的，卻有可能是正確的，如「我在說謊」（I am lying），如果這句話是真實的，那你就是在說謊，但你如果在說謊，這句話就是錯的，也就是你沒有說謊，那這句話到底是對的還是錯的，我們實在沒辦法判斷。另外的例子，如我們耳熟能詳的「欲速則不達」（More hast, less speed），理論上是動作愈快就能愈快達到目標，但想

想其中的哲理，很可能爲了求快，諸多因素可能反而無法讓你快速達到目標。

第三節　字彙語意學（Lexical Semantics）

本節的討論聚焦在「字」的語意上，如字與字之間的關係、字的語意屬性、一些違反語意規則的例子，最後，我們要介紹一個句子中所有的名詞，針對該句的動詞所扮演的角色，我們稱作「主題角色」。

字與字之間的關係

字與字之間可以有許多種不同的關係，如相似詞、相反詞等。這些關係的名稱，在英文通常是 -nym 做結尾，有相似詞（Synonym）、相反詞（Antonym）、同音異義（Homonym）、同拼法異音異義字（Heteronym）、一字多義（Polysemy）、下義詞（Hyponyms）等，下面我們就一項一項來解釋。

1.相似詞（Synonyms）

相似詞是指兩個或兩個以上的字或表達法，在所有或部份場合具有相同的意義。基本上，兩個相似詞經常只有在部份場合意義是可以相通的，如 deep 和 profound 都是形容深入的意思，都可用來形容抽象的思想很深入、很深奧，但如果要形容一個實物很深，卻只能用 deep 這個字，不能用 Profound。又如 know 和 realize 都有知道的意思，但 know 是指一般的知道、認識等，realize 卻有「原先可能不知道，後來終於領悟了」的意思，所以

我們說相似詞有可能是，只有在部份場合意義是可以相通的。

2.相反詞（Antonyms）

　　相反詞是指兩個字或表達法，在所有或部份場合具有相反的意義。有趣的是，兩個相反詞往往是具有所有同樣的語意元素，除了一項以外。而這一項元素往往是在一個字出現，而在另一個字卻不出現，如「男性」和「女性」都是指會動的人，都會動作或有知覺，但就是「性別」這個語意元素不同。相反詞基本上可以分成三類：互補相反詞（Complementary Pairs）、對比相反詞（Gradable Pairs）及關係相反詞（Relational Opposites），我們下面就分別來介紹。

　　a.互補相反詞：這類的相反詞，一個出現，一個就不出現。例如：通過（pass）vs. 不通過（fail），如果你通過（pass）你就不是被當（fail），如果你是被當，就不是通過。又如出席（present）vs. 缺席（absent），如果你是出席，就不可能是缺席，如果你是缺席，就不可能叫出席。

　　b.對比相反詞：這類的相反詞並沒有絕對的界定範圍，而是要比較。例如：冷（cold）vs. 熱（hot），是冷還是熱，要比較才能確定，如果今天攝氏25℃，和昨天23℃ 比，那就是「熱」，如果和前天27℃ 比那就是「冷」。又如快（fast）vs. 慢（slow），是快還是慢，也是要比較才知道，如果我比你快，那你就是慢，如果我比你慢，那你就是快。

　　c.關係相反詞：指的是關係上的相反，如老師（teacher）vs. 學生（student），如果我是你的老師，你就是我的學

生；相反的，如果我是你的學生，你就是我的老師。又如房東（landlord）vs. 房客（tenant），如果我是你的房東，你就是我的房客，如果我是你的房客，你就是我的房東。而關係上的相反，不一定是要名詞，比如說動詞也可以，如 給（give）vs. 拿（take），如果我給你東西，你就是拿了我的東西，如果我拿了你的東西，就是你給我東西。

3.同音異義（Homonyms 或稱 Homophones）

同音異義是指兩個字發音相同，意思卻不同，而它們的拼法可能相同，也可能不同，拼法相同的例子如 bear（忍受、負荷）、bear（熊）及 trunk（樹幹）、trunk（象鼻）、trunk（後座車廂）等，拼法不同的例子如 two（二）、too（也）、to（介系詞之一）。這些「諧音」經常被用在幽默或文學作品裡，如在「愛麗絲夢遊仙境」（Alice in Wonderland）就有很多這類的同音異義字，當愛麗絲說「麵包是用麵粉（flour）做的」，皇后卻聽成是花（flower），急忙問是哪裡摘的，愛麗絲說「不是摘的，是研磨（ground）的」，皇后卻又聽成是土地（ground），問道「要幾畝呢？」，像這些都是有趣的同音異義的例子。

4.異音異義（Heteronyms）

異音異義是指兩個字拼法一樣，發音和意思卻不一樣，即不同的意思有不同的讀法，如 read（閱讀，現在式）讀 [rid]，而 read（閱讀，過去式）讀 [rɛd]，又如 pussy（小貓）讀 [pʊsɪ]，pussy（化膿的）則讀 [`pʌsɪ]。

5.一字多義（Polysemy）

一字多義指的是，一個字有多個意思，而這些意思都有某種程度上的關聯，如 raise 有「舉起」、「提昇」、「增加」、「晉升」等等意思，level 則有「平面」、「高度」、「階級」、「程度」等意思。你注意到了嗎？幾乎字典上所有的字都是一字多義呢！如你打開字典，不是幾乎每個字都有兩個以上的意思嗎？但千萬不要將「一字多義」和「同音異義」混在一起喔，如 bear（忍受）和 bear（熊）是同音異義，因爲它們根本是兩個不同的字，就像兩個同名同姓的人一樣。

6.下義詞（Hyponyms）

下義詞是指一個較上層、意義較廣泛的字或詞所包含的下層較具體明確的細項，如「顏色」（color）它的下義詞有藍色（blue）、黑色（black）、紅色（red）、黃色（yellow）等等。又如「動物」（animal）這個字，它的下義詞有「老虎」（tiger）、「獅子」（lion）、「兔子」（rabbit）、「馬」（horse）等等。

第四節　語意屬性（Semantic Features）

如果我們將一個字的意思分解，所得到的就是這個字的「語意屬性」，也就是說，一個字的意思是它的語意屬性的組合。舉例來說，「桌子」（desk）這個字，我們可能會聯想到「家具」（furniture）、「書寫」（writing）、「放置」（put）、「木質」（wooden）等等，這些屬性集合起來，就是

「桌子」的意思。研究報告顯示，我們在說錯話或口誤的時候，用錯的字往往和正確的字具有一些相同的語意屬性。

　　另外，要提醒讀者的是，我們所說的語意屬性，指的是語言屬性，而不是非語言屬性，如成份等。例如談到「水」，幾乎很多人都知道水是由「氫」和「氧」所組成，但如果談到「水」的語意屬性，你可以說「液體」（liquid）、「清潔」（clean）、「飲料」（drink）、「透明」（transparent）等，卻不可以說非語言屬性的「氫」和「氧」，因為我們不需要知道水的組成分子是什麼，才會知道水是什麼東西。

　　以語意屬性的概念來說，我們可以說相似詞就是有很多相同語意屬性的兩個字，如「漂亮」（pretty）和「美麗」（beautiful）都有「令人覺得舒服」（feeling comfortable）、「賞心悅目」（pleasing the eyes and the mind）等語意屬性，但形容的對象都可以是人、物等，「美麗」卻較不適合形容行為、舉止等，「漂亮」則可以，如我們可以說「一個漂亮的反擊」，卻很少說「一個美麗的反擊」。至於相反詞，則是所有的語意屬性都一樣，只有一個屬性不一樣，其中一個有，另一個沒有，如「父親」（father）和「母親」（mother），共同具有的語意屬性有「人類」（human）、「成人」（adult）、「已婚」（married）等，但性別不同，如以「男性」（male）為語意屬性，則「父親」為「＋」值，「母親」為「－」值，反之則相反。

　　我們也可以列出語意屬性的矩陣圖，來檢視一些字之間具有哪些相同的語意屬性。一個語意屬性矩陣，可以展現成如下面的例子，我們就以「電腦」（computer）、「書本」（book）、「書桌」（desk）、「衣櫥」（closet）、「報紙」（newspaper）、「網路」（Web）幾個字為例，畫出下面的矩陣圖。

	電腦	書本	書桌	衣櫥	報紙	網路
電力	+	−	−	−	−	+
家具	−	−	+	+	−	−
圖書館	+	+	+	−	+	+
紙類	−	+	−	−	+	−
資訊	+	+	−	−	+	+

第五節　違反語意規則

　　我們之前有稍微提到語意的規則，它在意的不是句法結構的對錯，而是字裡面所蘊藏的語意與字與字之間的邏輯性。有些時候，一個句子符合句法的規則，卻違反了語意規則。基本上，有三種情況是違反了語意規則：異例（Anomaly）、隱喻（Metaphor）、成語或慣用語（Idioms）。我們先來談談異例，通常一個字的語意屬性會決定可以和它結合在一起的字，而異例的句子就是違反了這個原則。如 ago 這個字和時間有關，所以和它結合在一起的字通常是具有時間屬性的字或詞，如 several days ago, two months ago, a year ago 等，但有人為了達到詩意的效果，做了類似這樣的用法：a grief ago, a dream ago 等。也有人造出了不存在的字，至於這個字是什麼意思呢，那就由讀者自己去想像了，如英國作家路易斯・卡羅（Lewis Carrol）就曾經寫過這樣的詩句：He took his vorpal sword in hand. 而 vorpal 這個字並不存在。

　　現在，我們來談談隱喻。隱喻其實和前面提到的異例並沒

有太大的區別，一個異例如果用久了，大家都有共識，這個異例就變成隱喻了。隱喻通常會有字表面上的意思和暗含的意思，如隔牆有耳 Walls have ears 這個例子，我們照語意學來分析，知道耳朵必須是動物才會有，而牆並不是動物，因此我們會直覺地把它解釋成其暗含的意思，表示牆的另一面可能有人在偷聽。另外一個例子：時間就是金錢 Time is money. 時間是抽象的東西，不可能是金錢，我們就會取其暗含的意思，表示時間和金錢都是很寶貴的，另外就是，我們的工資常常是以小時、天數、或月份來計，因此才會有這種說法。

最後，我們來談談成語或慣用語。我們常常會說在我們頭腦裡面存了很多單字，在使用語言的時候就拿出來用。事實上，在我們的頭腦裡面，還存在著很多片語，即由兩個字以上的詞語所組成，它們字的順序大部份是不能移動的，它們的意思也是像字或詞素一樣是固定的，就像意思是冷凍起來一樣，必須要單獨去記它的意思，當然有些是有其典故或涵義的。我們現在就來看看幾個成語或慣用語的例子：

eat one's hat 是指某人打賭某件事情不會發生（如果發生，我就吃我的帽子。）

sell down the river 出賣某人的意思（美國南北戰爭時，黑奴被出賣過河。）

drop the ball 失誤的意思（球賽時，如果掉了球就是失誤的意思囉。）

kick the bucket 是指死的意思（來源的說法不一，有一說 bucket 古代有「梁柱」的意思，人們通常把屠宰後的牲畜掛在梁柱上。）

　　以上所提的這些違反語意規則的例子，最常見的是被用在文學作品裡，目的是要達到幽默、想像、嘲諷、暗喻、詩意等文學效果。

第六節　主題角色（Thematic Roles）

　　每一個句子都有一個主要動詞，而跟隨著這個動詞的可能會有一個或數個名詞，如這個動詞的主詞、受詞、受詞補語等，這些名詞我們就稱作「引數」（argument）。這些名詞引數對這個動詞來說，都有不同的角色，我們稱爲主題角色（Thematic Roles），下面我們就來介紹不同的主題角色。我們先以 I wrote a message to the girl 爲例。這個句子的動詞是"wrote"，"I"是執行「寫」這個動作的人（doer），我們稱它的角色是「執行者」（agent），而 a message 是接受「寫」這個動作的事件（undergoer），我們稱之爲「收受者」（theme），最後 the girl 是 a message 的最終目標，我們稱它的角色爲「目標」（goal）。

　　下面我們再來看看更多的主題角色，我們以另外一個句子爲例：The babysitter frightened the baby with a loud voice. 在這個句子裡，frightened 是主要動詞，the babysitter 是「驚嚇」的來源（where the action originates），所以我們稱它的角色是「來源」（source），要知道 the babysitter 並沒有主動做「嚇人」這個動作，只是 the baby 驚嚇的來源而已，而 the baby 的角色是「經驗者」（experiencer），因爲他不是接受「驚嚇」這個動作，而是感受到驚嚇，像這類的感官刺激，如聽到、看到、聞到等的人都是經驗者。

　　現在，我們就把各種不同的角色整理成下表，斜體字部份就是扮演該角色：

角色	定義	例子
agent 執行者	執行動作的人	*Joy* ran.
patient 接受者	接受動作的人或事或物，且由於這個動作改變其狀態	Mary ate *the chicken*.
theme 收受者	被移動或接受這個動作的人或物，但未改變其狀態	Please move *the chair* to the office.
instrument 工具	執行一個動作所使用的工具	Jo cuts hair with *a razor*.
experiencer 經驗者	感受到經驗的人或動物	*Helen* heard Sue playing the piano.
source 來源	擁有物或地點改變的起始點	He flew *from Iowa* to Idaho.
goal 目標	物品改變的接受者或目的地	John sold his book to *Mary*.
causative 自然的力量	引起改變的自然力量	*The wind* damaged the roof.
possessor 擁有者	動作主體的擁有者	The tail of *the dog* wagged slowly.
location 地點	動作發生的地點	Mary and John are playing happily *in the park*.

練習思考題

1. 請寫出下面句子的眞實條件。

a. 瑪莉告訴班上同學說她已經結婚了。

b. 傑克認爲感恩節是在五月三十日。

2. 請說明下面的句子是什麼語意現象呢？

a. 獨生女是父母唯一的女兒。

b. 請跟著我唸；我唸一句，你就唸一句。

c. 小孩是父母的老師。

d. 皇后已經和國王結婚了。

e. 你如果不去我就不去；你去我才去。

f. 下面的句子是對的；上面的句子是錯的。

g. 瑪莉今天生病請病假；瑪莉今天上課有問問題。

h. 失去越多，得到越多。

i. 人越多的地方，越覺得寂寞。

j. 傑克沒通過大學入學考試；傑克是準大學生。

3. 請說明下列的相反詞是屬於哪一類的相反詞。

a. buy, sell

b. tall, short

c. interviewer, interviewee

d. bright ; dark

e. good ; bad

f. dead ; alive

g. male ; female

h. high ; low

    i. pull ; push

    j. true ; false

4. 請說明下列每一組字是什麼關係。

    a. sofa ; couch

    b. musical instrument ; guitar

    c. present (gift); present (to demonstrate)

    d. smart ; bright

    e. single ; married

    f. feline ; cat

    g. large ; big

    h. direct ; indirect

    i. stationery ; envelope

    j. doctor ; patient

5. 請以下面幾個字，畫出語意屬性矩陣圖，你可以自行列出相關的語意屬性，並找出它們是不是有共通的語意屬性。

    a. 電視

    b. 平面雜誌

    c. 電腦網路

    d. 教科書

    e. 書桌

    f. 隨身碟

6. 請說明下面斜體字的部份是扮演什麼主題角色。

    a. I take a fairly *relaxed attitude* towards what the kids wear to school.

    b. The ball rolled *into the hole*.

c. I caught *the next plane* to Dublin.

d. I only play *jazz* as a hobby.

e. Hellen heard *the loud ticking* of the clock in the hall.

f. You'll pass *a bank* on the way to the train station.

g. They went to Italy *on a coach tour*.

h. I bought *a handbag* on my way home.

i. *The typhoon* destroyed everything in my garden.

j. I opened the machine *with a screw driver*.

第六章

語用學（Pragmatics）

第一節　語用學概說

　　語用學，簡單地說，就是要探討語言實際上在各種場合使用的情形。前面我們已經說過，詞素是語言最小有意義的單位，再來是詞，再來則是句子，句子之後則是語境了。所謂語境，就是語言使用的情境。語境分析（Discourse Analysis）就是分析語言使用的情境，包括說或寫的人、聽或讀的人、他們的身份背景及關係、他們所談論的主題、對周遭環境的認識等。有人把語用學歸類在語意學裡面，畢竟它是探討語言在使用情境中的意義。我們談到語言溝通的情境，又可分為書寫的文字情境和口語的場合情境。在本章，我們先說明這兩種情境後，就要談談所謂的「對話守則」，即我們在與人對話時，所必須遵循的一些原則。另外我們要談的是，在對話中，聽話者在了解說話者所說的話的過程中一些有趣的現象，如先決條件假設、語意延伸、聯想、情境指示詞等，最後我們要談的是，以直接或間接的方式來表達的語言行為。

第二節　文字情境（Linguistic Contexts）和 場合情境（Situational Contexts）

　　「文字情境」就是探討一篇或一段文字，寫的人的知識背景、喜好偏見、針對的讀者、寫的目的、文章的上下文等。如果這些因素不考慮進去，實在不能說了解這篇或這一段文字。如果寫的人有某方面的專業知識，則他寫的有關這方面的文字，可能會得到比較大的認同。又如寫的人有非常強烈政治或宗教的傾向，讀者可能會帶著批判的態度來看這篇文字。另外，我們來談談所針對的讀者。如果針對的是年幼的讀者群，則用字必須淺顯易懂。如針對的是有專業知識的讀者群，則文字內容可參雜此行業的術語。如果讀者對象是主管上司，如一篇市場調查報告等，則除了用字遣詞要斟酌外，還要以他們的立場來想。現在，我們再來談談寫作的目的。如果這篇文字的目的，是在說服讀者接受你的意見，那麼你必須要有足夠的例子和證據。如果你的目的是在陳述一件事實，那你一定要公平、公正的報導，避免主觀性的意見，以建立讀者對你的信任。至於文章的上下文，如「他」是指誰，讀者對「他」的印象爲何，又如何來解讀下面將讀到的「他」的一切，完全要靠上文累積起來的意象。

　　我們現在就以下面的例子來說明，如果你讀到下面的句子：

　　很奇怪地，傑克竟然沒有通過這次考試。

　　（Surprisingly, Jack didn't pass the exam.）

　　作者在句首爲什麼要加「很奇怪地」，這完全要看上下文來決定。可能作者在這之前已經提供許多資訊，交代說明傑克非常用功地準備這次考試，他的天資也很好，從來沒有失敗過。有了這些資訊，讀者就會認爲加「很奇怪地」是理所當然的。

　　除了提供足夠的資訊外，一個作者在讀者心目中所建立的可信度也是非常重要的，而可信度的建立，是靠日積月累的功夫才能達成的。如果一個作者所寫的往往都違反誠信的原則，那讀者以後可能都不會相信他所寫的了，如某個記者的政治立場非常鮮明，對他所反對的政黨極盡汙衊、謾罵之能事，而其所寫的也都非事實，那漸漸地，讀者也都不會相信他所寫的了。又如一位學生，在寫有關應不應該漲學費的議論文時，舉證說在美國大學的學費是以學分計算，比台灣便宜。而其實這並非事實，事實是，美國學費如果是外州學生或國際學生比台灣貴很多，而且它是幾乎每年調漲的，那他以後的舉證，也就缺乏可信度了。

　　至於「場合情境」則是指口語對談時，說話的人、聽話的人、對談的場合、對談者之間的關係、對談的主題、對談者對事實的認知及了解等。因爲是面對面的對談，除了語言因素外，還有許多非語言因素，如手勢、面部表情、使用工具等，因此場合情境遠比文字情境複雜。關於場合情境，有些概念如對話守則、先決條件假設、語意延伸、聯想、情境指示詞、語言行爲等，我們將分別在下面各節介紹。

第三節　對話守則（Maxims of Conversation 或 Cooperative Principle）

　　在大部份的社會活動中，我們經常要受規則的約束，如開車或走在街上，要受交通規則的約束，球賽有球賽的規則，考試有考試的規則，會議也有會議的規則，誰主持、誰需報告等。而我們與人對話，也有規則要遵守，這是為了讓對話能夠順利進行下去。試想若一個人對你的對話都答非所問、隱匿了一些事實、或者他講的是真的還是假的，你都沒辦法判斷，那這樣的對話還有什麼意義呢？另外，在平常的對話中，我們的意思，通常不是能照我們的話逐字解讀的，如在一個吃飯的場合，我說「你有鹽嗎？」，我的意思並不是要你回答「有」或「沒有」，我是要你把鹽罐遞過來。但基本上，我們都能了解對方的意思，也能適切的回應對方的話，這是為什麼呢？因為我們講話的時候，都會遵循所謂的「對話守則」，也預設對方會遵循這些守則。如果沒遵循這些守則，誤解就會產生。

　　對話守則是首先由英國的哲學家保羅・格萊斯（Paul Grice）所提出，他認為對話守則可分為四種：量的守則（Maxim of quantity）指視對談的情況而定，不要講多於或少於這個情況需要的、相關性守則（Maxim of relevance）指對談的內容需與目前的主題相關的、行為守則（Maxim of manner）指對談的行為需符合對談主題，避免模稜兩可或晦暗不明的意思、質的守則（Maxim of quality）指對談的內容需符合事實，下面我們就分別來談談。

　　我們先來談「量的守則」，對談的量要恰得其份，並非指不能講太多話，或不該講太少話，而是指針對談話的場合、談話的議題和對象等，提供適當的資訊。如果提供太少的資訊或多說了與談話議題無關的，都會引起誤解。如你被問說：你們什麼時候期中考？（When is your midterm exam?）下面都是可能的回答：

a. 四月二十日開始。

　（Starting from April 20.）

b. 四月二十日到四月二十六日。

　（From April 20 to April 26.）

c. 我四月二十日上午考語言學概論，四月二十二日下午考句法學，四月二十三日下午考語音學。

　（I'll take Linguistics on April 20 in the morning, Syntax on April 22 in the afternoon, and Phonetics on April 23 in the afternoon.）

　　現在我們來檢視一下上面的回答，a. 如果詢問者只是單純地想知道，期中考什麼時候開始，那以量的原則來看就很恰當。如果是要安排期中考後的活動，那就提供太少的資訊了，要 b. 才恰當，而 c. 又提供太多的資訊，在這個場合並沒有必要，如果需要提供考試的資料，那 c. 就很恰當了。由此可見對話的量是否適切，完全要看對話的情境而定。

　　其次，我們要談的是「相關性守則」，我們談話時，都會清楚地知道目前談話的主題是什麼，如果突然插入不相干的話題，就是違反了相關性的原則，對談者會覺得不知所云。如果表面上看起來好像不相干，卻沒有溝通上的問題，那是因為，對談者都知道對方會謹守著相關性的原則，所以對方指的是什麼都會合理的推測並了解的。如以上面期中考的議題為例子，如果回答「我

最怕期中考了，我都沒準備」或「我們期中考後要去烤肉」等都是違反相關性的守則。我們再來看看下面的例子：

　　小明：你喜歡吃冰淇淋嗎？

　　　　　（Do you like ice-cream?）

　　小美：教宗是天主教徒嗎？

　　　　　（Is the Pope Catholic?）

　　小美的回答，似乎與談話的議題無關，但只要小明確定小美沒有違反相關性守則，小明就可以延伸解讀為「那還用說嗎，我當然喜歡」。有時候我們會徵求對方同意轉移話題，如「可是我現在不想談那個問題」或者「我可以不可以插一下話」等。

　　再來要談的是「行為守則」，所謂的行為守則，就是對談的行為與所要表達的意思要符合。有時候同樣一句話，對不同的人，在不同的場合，有不同的意思，說話者要能確切表達意思，不能模稜兩可，同樣要表達一個意思，要簡潔明瞭，不要用無用的贅字。其實行為守則和所提供的資訊本身並沒有直接關係，而是在於提供這個資訊的態度、方式等。我們來看看下面兩個對話的例子：

　　a. 甲：請問你是做什麼的？

　　　　　（What do you do for a living?）

　　　乙：我是語言學的教師。

　　　　　（I am a linguistics instructor.）

　　b. 甲：請問你是做什麼的？

　　　　　（What do you do for a living?）

乙：我所做的是，我在大學教書，我所教的科目是語言
　　學。

（What I do is I'm an instructor and the subject matter
that I teach is linguistics.）

　　兩個句子比較起來，都提供同樣的資訊，b. 例乙的回答，
就顯得太囉嗦、不夠簡潔。

　　最後，我們來談談「質的守則」，質的守則就是講話的內
容要符合事實，不要作沒有事實根據的臆測，如果是不太確定的
事實，則必須讓聽者了解，如你可能需要加上「據我所知…」、
「我個人認為…」、「我聽說有可能…」等等。另外，質的守則
的標準，可能也需要依說話者而定。如你是一個英語教學界的專
家，你說「小孩子越早學習第二語言越好」，或者你是小孩子的
父母，你也說「小孩子越早學習第二語言越好」，可能不同的身
份所遵循的標準會不一樣，前者需要以專業的身份，提出理論、
實證等說服聽者，後者則以教育小孩的經驗提出看法，聽的人也
會以比較低的標準來看待這句話，這些都是對話時要謹守的質的
守則。

　　上面我們所提到的都是遵循對話守則，但是我們在許多情況
之下，卻有意的違反對話守則，以間接迂迴的方式講，以免傷了
別人，或藉以引起對方的注意等等。請看下面的例子：

　　一個剛拿到博士學位的畢業生，請他的指導教授幫他寫推薦
信，以便應徵一個教職的工作，這位教授是這麼寫的：

親愛的教授：

　　約翰‧瓊斯先生要求我幫他寫這封推薦信，我想說的是，瓊

斯先生一向都很有禮貌，穿著都很合宜、整潔，並且他總是按時
來上課。

亨利・荷馬

Dear College:

John J. Jones has asked me to write a letter of recommenda-
tion on his behalf.　Let me say that Mr. Jones is unfailingly polite, is
neatly dressed at all times, and is always on time for his classes.

Sincerely yours

Harry H. Homer

　　這位荷馬教授很明顯地違反了量的守則和相關性的守則。在
量的守則方面，荷馬教授僅用短短的幾句話，並沒有寫出瓊斯先
生真正的教學能力及研究潛力。在相關性守則方面，荷馬教授所
提到的禮貌、穿著、準時等，並非真正與教職有直接的相關性，
對應徵教職的工作，應該沒有太大的幫助。雖然如此，但是我們
可以猜測得到，荷馬教授並沒有真正想推薦瓊斯先生，他用這種
間接的方式，以免直接傷害到別人。

　　另外一種違反對話的情況，就是我們在談話中途會突然轉移
話題，以提醒聽者，暗示他有情況發生，避免他繼續講下去，我
們來看看下面的例子：

　　剛進蘇菲辦公室的瑪莉，看到整堆公文待辦的蘇菲。
　　瑪莉：哇！你的老闆瘋了是不是？
　　　　（Whoa!　Has your boss gone crazy?）

蘇菲：走！我們去喝杯咖啡吧！

　　（Let's go get some coffee.）

　　蘇菲的回應看似違反相關性守則，但我們卻可以猜得到，她是在提醒瑪莉，可能她的老闆就在隔壁辦公室，或者她看到老闆剛進來，她並不是真正要轉移話題。像上面的這些例子說明，只要說者和聽者（或作者和讀者）能謹守對話守則，就能了解對方的意思，溝通也就沒問題了。

第四節　先決條件假設（Presuppositions）

　　我們平常在對話中，首先需要對談的人對某個事實的存在或認知有共識，才能使對談順利進行，我們來看看下面的例子：

甲：我昨天在公園看到一隻恐龍。

　　（I saw a dinosaur in the park yesterday.）

乙：等等！你看到什麼？恐龍？

　　（Wait a minute!　What did you see?　A dinosaur?）

　　很明顯地，乙無法接受恐龍存在的事實，對話也就無法再繼續，如在哪個公園看到的？那隻恐龍長得怎麼樣？等。如果甲看到的是一隻貓，乙可能就會繼續問，「那隻貓長得怎麼樣？有沒有可能是流浪貓？」等。像這樣，對談者必須要有共識，預設事實的存在我們就叫做「先決條件假設」。

　　在我們平常的對話中，並不是只有從對方的語句中得到訊息而已，從對方的語句中，我們必須假設有先決條件，否則沒辦

法解讀這個訊息，如某個人跟我說：「我的車子壞了，進修車廠修理」，那我必須要假設的先決條件就是「他有車子」。以語意學的規則來講，先決條件所涉及的範圍比原本的句子還大。我們現在就以：「瑪莉英語說得很流利（Mary speaks English fluently.）」爲例，要先有「瑪莉會說英語」這個條件成立，「說得很流利」才會是事實。所以，「瑪莉會說英語」是「瑪莉英語說得很流利」的先決條件，而這個先決條件包含了「瑪莉英語說得很流利」這個事實。先決條件的假設，有下列幾種情況：

1.存在假設（Existential Presuppositions）

　　如：我的字典很重（My dictionary is heavy.），先決條件是：我有一本字典（I have a dictionary）。

2.事實假設（Factive Presuppositions）

　　有些字或詞，如 know、realize、regret、be aware、be glad 等說明了某個事實。如：我很高興你通過了入學考試（I am glad you passed the entrance exam.），先決條件是：你通過了入學考試（You passed the entrance exam.）。

3.非事實假設（Non-factive Presuppositions）

　　有些字，如 dream、imagine、pretend 等說明了某些事非事實。如：讓我們想像我們現在是在戲院（Let's imagine we are now in a movie theater.），先決條件是：我們現在不是在戲院（We are now not in a movie theater.）。

4.文字寓意假設（Lexical Presuppositions）

有些字，如 manage、stop、start、again，在句子裡面會隱喻一些事實。如：你又遲到了（You are late again.），先決條件是：你以前遲到過（You were late before.）。

5.結構假設（Structural Presuppositions）

who、when、what、where、how 等關係代名詞所引導的關係子句，有時候也可隱喻出一些事實。如：你昨天去哪裡？（Where did you go yesterday?），先決條件是：你昨天有去某個地方（You went somewhere yesterday.）。

6.反事實假設（Counter-factual Presuppositions）

與事實相反的假設，有時候其實是蘊含著一個事實，如：假如我很有錢，我早就買了這房子了。（If I were rich, I would have bought the house.），先決條件是：我沒有錢（I am not rich.）。

以上這些例子，都是我們平常對話中經常沒有察覺到的一些現象，我們都是先有先決條件假設，才能繼續解讀接下來的對話。

第五節　語意延伸（Entailments）

我們經常在對談中聽到一句話，卻會得到額外的訊息，這個延伸的訊息，和原句間的關係，我們就稱作「語意延伸」。現在我們就以下面的例子來說明：

A	B
瑪莉今天請病假 → （Mary asked for sick leave today.）	瑪莉現在沒有在教室裡 （Mary is not in the classroom now.）
老闆有一輛賓士 → （My boss has a Benz.）	老闆有一輛車子 （My boss has a car.）
約翰有一個太太和兩個小孩 → （John has a wife and two children.）	約翰結婚了 （John is married）
我們今天考語言學 → （We had a linguistics exam today.）	我有修語言學 （I am taking linguistics）
我妹妹有去過法國 → （My sister has visited France.）	我妹妹有去過歐洲 （My sister has visited Europe.）

　　A 欄的原句，會延伸出 B 欄的語意，只要 A 欄是對的，那 B 欄就一定是對的。反之，B 欄如果是對的，A 欄卻不一定是對的（老闆有一輛車子，並不代表該車子一定是賓士）。基本上，B 欄涵蓋了 A 欄的語意，也就是 B 欄是 A 欄的語意延伸。這和前面所談的先決條件假設意思不太一樣，先決條件假設是要先假設一個可接受的事實，才能繼續解讀接下來的對話，而語意延伸是你在聽了一句話之後，所得到的額外訊息。

第六節　聯想（Implicatures）

「聯想」其實和「語意延伸」很像，都是一個句子字面外的涵義，差別在於語意延伸絕對是事實，而聯想卻不一定是事實，可以有很多種解讀，如貝蒂對老師說：瑪莉今天請病假（Mary asked for sick leave today.）。這句話的語意延伸，我們只能確定地說：瑪莉現在沒有在教室裡（Mary is not in the classroom.），而我們卻可以引申出許多不同的聯想，如瑪莉現在在醫院裡（Mary is now in the hospital），瑪莉昨天感冒（Mary caught a cold yesterday），瑪莉不喜歡來上課（Mary didn't like to come to the class）等。但這些聯想都不一定是事實，隨時都可以被否定掉的。

聯想雖然不一定是事實，但聽者卻也不是胡亂猜測。我們前面提到過的四類對話守則，我們其實是依據那四類對話守則來聯想的，我們現在就分別說明如下：

- 依量的守則來聯想

我們來看看下面的例子：

母親：你所有的作業都做完了嗎？

（Have you done your homework for all of your classes yet?）

兒子：我的歷史作業做完了。

（I have finished my history homework.）

在這種情況之下，做母親的會合理的聯想，兒子的歷史作業做完了，其它的作業還沒做完，否則吉米就會說還有其它什麼作業也做完了。

- 依相關性的守則來聯想

　　我們來看看下面的對話：

　　安娜：吉米最近有和任何女朋友約會嗎？
　　　　　（Did Jimmy meet any girlfriends these days?）
　　山姆：他最近週末都到奧斯丁去。
　　　　　（He has been going to Austin a lot lately.）

依山姆的回答，安娜可能會推測，吉米有個女朋友在奧斯丁，因為安娜相信山姆會遵守相關性守則，不會轉移話題，突然談到吉米到奧斯丁看他生病的媽媽。

- 依行為守則來聯想

　　前面我們提到的行為守則，就是我們講話要依序、合邏輯，我們來看看下面兩句：

　　a. 貝蒂吃藥，她有過敏反應。
　　　　（Betty took the medication and had an allergic reaction.）
　　b. 貝蒂有過敏反應，她吃藥。
　　　　（Betty had an allergic reaction and took the medication.）

因為我們都預期說話者會遵循著行為守則，因此我們都相信，他們會依邏輯順序來講話，如此一來上面兩句就會有不同的意思，a. 句指的是，貝蒂服用藥，但她卻對該藥有過敏反應，b. 句的意

思是指，貝蒂因有過敏反應，所以服用抗過敏的藥。

- 依質的守則的聯想

　　我們前面提到過，在質的守則方面，我們說一句話要有足夠的證據，而每個人對證據的標準也不一樣，現在我們來看看下面的例子：

辛蒂：我們需要有人來幫我們做野餐蛋糕。
　　　（We need someone to make some sort of cake for the picnic.）
湯姆：我可以幫我家人做他們最喜歡的巧克力蛋糕。
　　　（I can make my family's favorite chocolate cake.）

辛蒂很自然地聯想，湯姆曾經成功地為他的家人做巧克力蛋糕。結果湯姆的野餐蛋糕做失敗了，湯姆可能會說「我以為我會做得很好。」，結果是他並沒有幫他的家人做過巧克力蛋糕，他只是看過食譜，知道怎麼做，他認為他會做得很好。以上這些都是聯想，我們要強調的是，聯想不一定都是事實，但卻是依照邏輯、經驗做合理的聯想。

第七節　情境指示詞（Dexis）

　　在語意學裡，我們曾經提到過一個名詞片語的「指涉」及「意素」。但在所有的語言裡，都會有些字，它們確實所指的是哪一個人、事、物，卻要靠說話的場合來決定，這些就叫做情境指示詞。情境指示詞，大致上有三種：人稱指示詞（Place

Dexis）、時間指示詞（Time Dexis）、地方指示詞（Place Dexis）。
人稱指示詞的例子，如 I、you、the man、the principal 等都是。I
是指誰呢？那當然要看是誰在講話囉，如果是小美講 I am happy.
那這個 I 就是指小美，如果是小明講 I am happy. 那這個 I 就是
指小明了。同樣地，the man 是指誰，也是要看我們之前是在談
誰，如果我們是在談小明，那麼接下來的 the man 就是指小明
了，如果是在談小華，那麼 the man 就是指小華了。

　　時間指示詞，則是指這些時間用字切確是指什麼時候，要看
說話者什麼時候講這句話而定。時間指示詞的例子，如 today、
tomorrow、one hour later、one month later、this week、this year
等。如我說 I'll meet with Jack tomorrow. 那 tomorrow 是指哪一
天呢？那當然是要看我在哪一天講這句話而定，如果我是在七月
八日講這一句話，那 tomorrow 當然是指七月九日。又如我說 I'll
be back in one hour，one hour 是指什麼時間呢？那當然要看我什
麼時候講這句話而定，如果我是在五點鐘的時候講這句話，那我
就是約六點鐘的時候回來。

　　最後我們再來談談地方指示詞，如 here、there、right、
left、front、back 等。這些地方指示詞是指哪裡，也是要看講話
的場合而定。I'll be here again tomorrow. here 是指哪裡呢？如果
我是在圖書館講這句話，那 here 就是圖書館，如果我是在某家
餐廳講這句話，那 here 就是指這家餐廳了。又如老師講課時，
學生是在老師的前面（front），老師如果轉身寫黑板，那學生
就是在老師的後面（back），所以要說學生是在老師的前面或後
面，完全要看老師當時的方位而定。

　　很明顯地，以上這些指示詞都和說話的場合有關，這又說明
了，在語言的使用中，場合扮演很重要的角色。

第八節　言談行為（Speech Acts）

就像我們可以以肢體執行一個打球的行為，我們也可以藉著使用語言來執行一個言談行為（Speech Act）。我們每次使用語言、說一句話都是有目的的，例如我們可以使用語言來傳遞消息或知識、詢問、回應、命令、承諾、請求、勸告、警告、道歉、讚美、抗議、娛樂對方等等，而這些目的都可以用所謂的「執行動詞」（Performative Verbs）來表達，也就是每一句話之前都可以套上執行動詞，I + Performative Verb + …，如下面的例子：

a. (I inform) you that we are going to have an exam tomorrow.

b. (I ask) you when your birthday is.

c. (I request) you that you lend me some money.

d. (I order) you to come over here.

e. (I warn) you to bring your umbrella with you in case you are going out.

f. (I apology) to you for the mistake I have made.

這些句子套上執行動詞後，就很清楚地說明說話者的目的，但我們的目的並不一定要用直接的方式表達，也可以用間接的方式表達，如你要借一本字典可能有下面一些直接和間接的說法：

直接：請你借我你的字典。

　　（Please lend me your dictionary.）

間接：我可以借你的字典嗎？

（May I borrow your dictionary?）

你有字典嗎？

（Do you have a dictionary?）

你可以把字典借我嗎？

（Do you mind lending me your dictionary?）

　　如果你要聽者直接執行某個動作，那就是「直接言談行為」（Direct Speech Acts），如果用迂迴的方式，那就是「間接言談行為」（Indirect Speech Acts），一般說來，用間接的說法通常較能表達委婉、禮貌。那我們如何判斷什麼是直接的說法，什麼是間接的說法呢？以英語來說，基本上有三種句型：直述句（Declarative Sentences）如 My mother is coming this afternoon.、疑問句（Interrogative Sentences）如 Is your mother coming this afternoon、命令句（Imperative Sentences）如 Come here. 那某種句型可能就是直接說法或間接說法囉。絕對不是這樣，關鍵是在說話的「場合」，我們可以用一些方式來判斷。一個句子如果能加上前面所說的執行動詞，就是直接言談行為，如（I promise）I will come tomorrow.，否則的話就是間接言談行為。另外，我們還可以研判這句話在這個場合的適切性，如果是「詢問」的話，適切的情況應該是，詢問的人不知道某個訊息、詢問的人想得到這個訊息、詢問的人相信聽的人能提供答案。最後，我們可以看看聽者的回應。以（在飯桌上）「你有鹽嗎？」為例，如果有的話，聽的人應該把鹽遞過去，而不是只回答「有」，所以這句話不是詢問，而是請求。又如「你介意去把門關起來嗎？」，並不是詢問，也是請求，真正的反應應該是，去執行說話者所請求的

動作，凡是這些都是間接言談行為的例子。

我們再看看下面的例子，你可能就會更明白了。如一個小孩子，你已經告訴他很多次了，太靠近電視機前面對眼睛不好，但他屢次不聽，你可能會有下面的直接說法和間接說法：

直接：　不要站在電視機前面！

Move out of the way!

間接：　你一定要站在電視機前面嗎？

Do you have to stand in front of the TV?

你又站在電視機前面了。

You're standing in front of the TV.

像這一類直接和間接的說法，我們都可以視場合情況，來做最適切的表達。

練習思考題

1. 下面的情況，請分別說明對話者違反了什麼對話守則。

   a. 蘇珊：老闆今天晚上要和一個女的去吃飯。

     瑪莉：那他太太知道嗎？

     蘇珊：知道，那個女的就是他太太。

     蘇珊違反了什麼對話守則？

   b. 小明：請問下一班到台中的火車是幾點呢？

     路人甲：我不知道耶。

     路人乙：三點二十（其實他並不曉得）。

     路人丙：如果要到高雄的話是三點二十。

     路人丁：我實在不喜歡搭火車，常常沒有位置。

     路人甲、乙、丙、丁分別違反了什麼對話守則？

2. 請寫出下列句子的先決條件假設。

   a. 小明，你在跟誰講話？

   b. 小美，日本好不好玩？

   c. 我的妹妹明天要來看我。

   d. 如果我有辦法，我早就幫你了。

   e. 現在你假裝是我的客戶。

3. 請寫出下列句子的語意延伸。

   a. 我喜歡喝伯爵茶。

   b. 我曾經到過肯亞。

   c. 你喜歡小美還是小英送你的禮物？

   d. 我有一部電子字典。

   e. 小明通過了這次的學測考試。

4. 請寫出下列句子或對話的聯想，要注意的是答案可能不只有一個。

　　a. 瑪莉今天請假沒來上課。

　　b. 約翰：你要不要點魚？

　　　 瑪莉：我對魚過敏。

　　c. 約翰：今天晚上要不要和我們去玩？

　　　 瑪莉：我明天有考試。

　　d. 約翰：你向圖書館借的書都還了嗎？

　　　 瑪莉：「語言學概論」我還了。

　　e. 約翰：你有告訴傑克了嗎？

　　　 瑪莉：電話忙線中。

5. 下面的情況，你怎麼分別用直接和間接的方式表達？

　　a. 考試的時候，你發現你的一個好朋友作弊，你怎麼跟他說呢？

　　b. 你的同學向你借了重要的課堂筆記，都要考試了還不還你，你怎麼跟他說呢？

第七章
句法學（Syntax）

第一節　句法學概說

　　句法學是探討詞和句子的結構，也就是詞和句子構成的規則。我們在第一章曾提到過人類語言的創造性，也就是，我們能用有限的文法規則，創造出無限的句子。這也是為什麼，我們能夠買到一本收集了幾乎所有字的字典，卻沒辦法買到一本收集了大部份句子的字典。簡單地說，句法學所陳述的規則，就是如何將單字組織成片語，再如何將片語組織成句子。換句話說，它就是探討片語和句子的正確排序。英文有主詞-動詞-受詞（Subject-Verb-Object）的排序，按照這排序，我們就說它是合文法的。依照這個原則，我們必須要注意的是，合文法不一定合語意，也不一定符合我們所認知的事實，或認為是有意義的。同樣地，合語意的句子也不一定合文法，如在文學、詩篇、新聞標題、幽默作品等常會看到。

　　本章首先界定，什麼叫「合文法」，接著我們會介紹句法的分類，及怎麼測試某組相連的字是屬於其中的一類。接下來是句法學的重頭戲，就是我們要將一個合文法的句子或詞，以樹狀圖來展現其結構。了解樹狀圖的畫法之後，我們會分別介紹名詞片

語、動詞片語、形容詞片語、副詞片語、介系詞片語及句子等的句法結構。最後，我們要談到英語句法裡面對補語詞的一些限制及變形的樹狀圖。

第二節　合文法的界定

我們說一個句子必須要合文法，但什麼叫做合文法呢？讓我們從反面來看，當我們在判斷一個句子是否合文法性時，哪些不是我們考慮的因素呢？下面的幾點是和合不合文法沒關係的。

首先，合文法並不等於是有意義的。下面這個句子，在談到句法學時，常被用來做例子：

Colorless green ideas sleep furiously.

這個句子的語意非常地奇怪，既然是綠色（green），為什麼又說是無顏色（colorless）呢？另外，顏色不是用來形容有形的實物嗎？為什麼用來形容抽象的「主意、概念」（ideas）呢？而睡覺（sleep）不是動物（當然包括人類）才會睡覺嗎？抽象的 ideas 怎麼睡覺呢？更何況，睡覺的時候應該是安靜祥和地，怎麼會是猛烈地（furiously）呢？但這句子如以文法的角度來看，它卻是完全合文法的，也就是說，句子中的每一個字，都擺在正確的位置，Colorless green ideas 是名詞片語（Noun Phrase），sleep furiously 則是動詞片語（Verb Phrase）。

另一種情況則是，合不合乎文法的判斷，也不考慮這個句子的陳述是否合乎事實，或者某個東西是否存在這個世界上，如下面的例子：

My younger brother is pregnant.

（我的弟弟懷孕了。）

My younger brother saw a dinosaur in the park yesterday.

（我的弟弟昨天在公園內看到一隻恐龍。）

雖然這些例子都不合邏輯或事實，但它們都是合文法的。

　　最後，合文法並不一定是照著我們在學校所使用的文法書所教的規則。我們都知道，我們平常講話，很多簡化、強調、或像電報式的省略等，只要我們依照我們認知的一般說法，從小所學到，以大家所認同的方式表達出來即是合文法。

第三節　句法的分類（Syntactic Categories）

　　本節要討論的是以句法學的觀點，來將字或片語詞分類，如果是將每個字分類，我們就叫做 Lexical Categories，如果是將片語詞分類，我們就叫做 Phrasal Categories，也就是將一組結構單位依其句法功能分類，屬於同類句法功能的，如名詞片語（Noun Phrases）、動詞片語（Verb Phrases）等。屬於同一類別的字或同一類別的詞，如果在一個句子裡互相調換，因為詞性相同，是不會改變其合文法性的。

1.字的分類

　　我們就先來談字的分類好了，字的分類中最主要的有下列幾項。要注意的是，括弧內的代稱要記得，因為我們以後要畫樹狀圖，都是要用這些代稱的。

a. 名詞 Noun (N)：如 desk、woman、dinner、book 等。

b. 動詞 Verb (V)：如 run、sleep、talk、know 等。

c. 介系詞 Preposition (P)：如 in、on、at、of 等。

d. 形容詞 Adjective (Adj)：如 beautiful、tired、different、sweet 等。

e. 副詞 Adverb (Adv)：如 very、often、generally、similarly 等。

另外有一個類別，我們把它稱作是功能性類別（Functional Categories），這些字沒有像上述的類別，有指示物體、描寫屬性或方位或表示動作等的意涵，它們主要是文法方面的用途，加入這些字以表達時間、可能性等。這類的字，又可大致分為決定詞 Determiners（Det）和助動詞 Auxiliaries（Aux）。決定詞包括冠詞（Articles）和指示詞（Demonstratives），助動詞則有情態助動詞（Modals）和非情態助動詞（Non-models）下面的表就是功能性類別的例子。

• 決定詞

a. 冠詞：a、an、the。

b. 指示詞：this、that、those、each、every 等。

• 助動詞

a. 情態助動詞：will、must、can、may、should、shall、might 等。

b. 非情態助動詞：be、was、has、have 等。

上面的表要特別解釋一下，助動詞包括 Modals 和 Non-modals，Modals 我們稱作「情態助動詞」，是指一些可以表達未來、必要、可能性等的助動詞，而 Non-modals 的部份我們稱為「非情態助動詞」，是指為了構成進行式，如（is）walking、完成式，如（has）gone 等所加上的字，在這種情況之下，我們是將 is、has 等歸類為助動詞，而非解釋成「是」或「有」等的一般動詞。

　　以上這些字，均沒有敘述的意義，而是一些文法功能上的意義，如指定或非指定（the vs. a）、遠近（that vs. this）、可能性（might）、必要性（must）、能力（can）、未來（will）等等。

　2.片語詞的分類

　　每一個字的分類都有其對應的片語詞的分類，也就是說，名詞就有名詞片語，動詞就有動詞片語，下面就是一些片語詞的分類：

　　　a. 名詞片語 Noun Phrase (NP)：如 the beautiful girl、a lovely family、women with long hair 等。

　　　b. 動詞片語 Verb Phrase (VP)：如 walk on the street、sleep soundly、strongly recommend 等。

　　　c. 介系詞片語 Prepositional Phrase (PP)：如 in the classroom、on a lovely day、at a point of the time 等。

　　　d. 形容詞片語 Adjective Phrase (AdjP)：如 different from what we expected、 proud of myself、sure of the fact 等。

　　　e. 副詞片語 Adverbial Phrase (AdvP)：如 generally speaking、extremely well、more beautifully performed 等。

　　以上的各種片語，基本上是超過兩個字，依句法規則排列的，我們即稱之為片語，每一個片語都有一個核心字（Head）

還有可能的補語詞（Complements），核心字界定該片語，如動詞片語的核心字就是動詞，名詞片語的核心字就是名詞等。而一個片語除了核心字外，其它的字就是補語詞了。

第四節　句子的結構及構素單位的測試法

　　本節要討論的是句子的結構和構素單位的測試法，我們先來看一個句子的結構大致是怎麼樣的一個情形。

1.句子的結構

　　了解了英語句法的分類之後，現在我們就開始來研究分析英文句子的結構。首先要強調的是：句子的結構不是線性式的（Linear），它是階級式的（Hierarchical），而且是以組塊式的形式存在。以下面的類比例子來說明，你可能會比較了解。線性的結構好比是一個班級的名單，大家一字排開，地位、等級都一樣，而階級式的結構，就像學校的組織一樣，從最上面的校長，接下來是副校長，而副校長下面還有教務長、訓導長等，教務長的下面有課務組長、註冊組長等，而課務組長的下面，則是一個一個的組員。意思就是說，一個句子，尤其是一個複雜的句子，我們可以先將其切割成大區塊，也就是所謂的片語（Phrases）然後每個大區塊，我們可以再分別切成小區塊，也就是一個大區塊可以包含一些較小區塊的片語，到最後就是一個一個的字。

　　那我們就先來談區塊好了。所謂的區塊，在語言學上叫做構素（Constituents），但所謂的構素是怎麼認定的呢？也就是區塊是怎麼切割的呢？總不能隨便抓鄰近三、四個字，就說它是一

個構素。下面我們就來談談構素單位的測試法。

2.構素單位的測試法

這裡有三種測試是否為構素的方法。第一個測試法，叫做「單獨存在」測試法（Stand Alone Test），也就是說，如果這一區塊的字能夠單獨存在，如回答一個問句的答案，或解釋一件事情等，它就是一個構素，如 I am happy because I passed the entrance exam. 這句話如我問 Why are you happy? 你會回答說 because I passed the entrance exam，那 because I passed the entrance exam 就是一個構素。又如，I am looking for my key chain. 如果我問 What are you looking for? 你會回答說：my key chain，那 my key chain 就是一個構素。

第二種測試法叫做「代名詞代替法」（Replacement by a Pronoun），也就是說，如果這組區塊的字，能被一個代名詞如 it、they 等取代，那這個字就是一個構素，如 I don't like the way they behave. It is impolite. 第二句的 it 明顯的是取代 the way they behave，那麼 the way they behave 就是一個構素。又如，My sister and I went shopping yesterday.，My sister and I 可以用 We 來代替，那 my sister and I 就是一個構素。

第三種測試法叫做「區塊移動法」（Move as a Unit）。我們在表達一個句子的時候，常常會用倒裝句，也就是把要強調的字或詞移到前面，如果能整組字移動，那這組字就是構素了，如 The students are playing in the classroom，如果要強調 in the classroom，就把 in the classroom 整個移到前面，變成 In the classroom, the students are playing. 那 in the classroom 就是一個構素。又如 They dance extremely beautifully. 可改成 Extremely beautifully, they dance. ，那 extremely beautifully 就是一個構素。

　　以上三種測試構素的方法，如果用一種方法能測試成功，它就是一個構素了。其實只要是構素，它一定是屬於某種片語。

第五節　結構樹狀圖（Phrase Structure Tree）

　　我們之前提到「構素」和片語詞的分類，但如果一個句子的結構能以結構樹狀圖來表達，則更清楚、易懂。現在，我們就來學學如何畫樹狀圖。簡單地說，樹狀圖就是一個句子的階層結構，它是依照句法規則所產生出來的句子結構，它看起來像一棵倒立的樹，因為它的根（句子）在最上面，葉子（構成句子的每一個字）則分佈在最下面。平常我們看到的一個句子，都是線性的，結構樹狀圖卻能夠將一個句子的內部結構、詞與詞之間或字與字之間的關係等展現出來。如 The teacher loves his students. 我們可以畫出下面的樹狀圖：

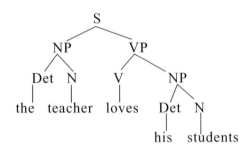

圖10

　　你有沒有注意到 the teacher 和 his students 同樣都是 NP，卻

在不同的層級。我們先看看這棵樹，裡面有許多個點（如 NP、VP、V、N 等），我們把這些點叫做「結點」（Nodes）。如果一個結點比另一個結點高，那我們就說這個結點管控另一個結點，如果兩個結點同屬一個層級，那這兩個結點就是姊妹（Sisters）。當然，S（句子）就是掌控所有它下面的結點囉。

那麼，我們現在就開始來畫樹狀圖吧！首先，一個句子必須要有最主要的一個名詞片語和一個動詞片語，所以我們可以先畫成：

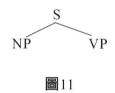

圖11

我們就先來談 NP 好了。在前面談到的名詞片語的框架裡，我們可以看到，作為主詞的名詞片語，可以有許多種不同的結構。除了一個名詞或代名詞之外，最常見的就是一個冠詞加上一個名詞，它的結構可以畫成如下：

圖12

現在我們再來看看 VP，上面的例子 loves his students 是 VP，又可分成 V（loves）和 NP（his students），而 NP（his students）可以依之前的 NP 畫法，分成 Det（his）和 N（students）。整個 VP 可畫成如下：

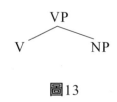

圖13

　　要表達上面這個圖的結構，我們可以列出下面的片語句法規則：

　　S　→ NP VP
　　NP → Det N
　　VP → V NP

　　我們畫樹狀圖的話，一定要依照我們訂出的句法規則，不能隨意調動順序，如 NP 必須放在 VP 之前。我們隨著各種片語的介紹，會陸續列出許多片語的句法規則，讀者必須熟記這些規則，畫樹狀圖才能得心應手。了解樹狀圖的畫法之後，我們將依名詞片語、動詞片語及其它的片語分別介紹樹狀圖的畫法。要注意的是，樹狀圖畫到最後的一個字，不能是片語，因為如果是片語的話，可以繼續再畫下去。

第六節　名詞片語（Noun Phrases）

　　名詞片語是以名詞為主的片語，通常有三種情況：代名詞（Pronouns）、前修飾（Pre-modification）、後修飾（Post-modification）。現在我們就分別介紹如下。

1.代名詞

代名詞作爲名詞片語的例子，如 I、you、he、they 等，我們可以有如下的例子：

a. I hate her.

b. They like the teacher.

我們以 a. 句爲例，可以畫成如下的樹狀圖：

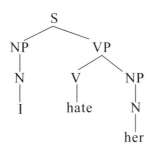

圖14

2.前修飾

前修飾即是修飾一個名詞的字或詞，放在被修飾的名詞的前面，而這修飾的字或詞有下面幾種情況：決定詞（Determiners）、所有格（Genitives）、形容詞片語（Adjective Phrases）、名詞（Nouns），現在我們就一一舉例如下，畫底線的部份即是名詞片語：

a. 決定詞，如：

(1) The girl laughed at me.

(2) My book is on the desk.

(3) <u>These students</u> work in the cafeteria.

我們以(1)句為例，可以畫出樹狀圖如下：

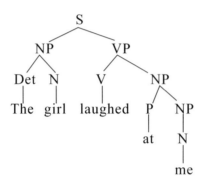

圖15

看上面的樹狀圖，我們可能要加下面的句法規則：

PP → P NP

b. 所有格，如：

(1) <u>Kate's mother</u> smiled.

(2) <u>My dog</u> barked at the stranger.

我們以(1)句為例，可以畫出如下的樹狀圖：

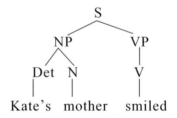

圖16

c. 形容詞片語，如：

(1) The beautiful lady won the prize.

(2) The fat brown dog chased a girl.

這種句型樹狀圖的畫法，我們可能要特別解釋一下。(1)句有一個形容詞 beautiful，(2)句卻有兩個形容詞：fat 和 brown，因為一個名詞片語只能有一個指定詞，卻可以有一個或數個形容詞，而且形容詞只修飾名詞，決定詞卻修飾（形容詞＋名詞）為了解決形容詞重複出現的問題，我們可能要採用語言學家所謂的 X-bar 理論，在我們這裡的例子就是 N-bar，我們寫成 N'。因此，為了解決多個形容詞的問題，我們必須要增加下面三個規則：

NP　　→ (Det) N'

N'　　→ Adj N'

N'　　→ N

有了上面三個句法規則，我們就可以畫出上面兩個例子的樹狀圖。

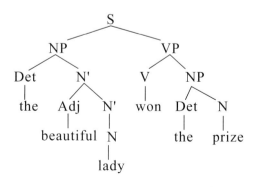

圖17

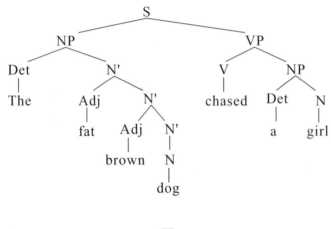

圖18

　　另外，不是每一個 NP 都有 Det 的，如 she、he 或專有名詞 Mary、Taiwan 等，因此，我們又需要下面的規則來解決沒有 Det 的問題：

　　NP → N'

　　現在，又有另外一個問題，牽涉到所有格（Possessive，我們以 Poss 代替）。有時候 Det 是一個所有格，如（Mary's、my father's 等），那就可畫成如下面的圖：

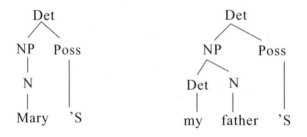

圖19

這樣的話，我們必須要再加下面一個規則，而如果有多重的所有格，如 my father's friend's son 這樣的 NP 也都沒問題了：

Det → NP Poss

d. 名詞：

名詞亦可以前修飾另一個名詞，如 computer game、summer vacation、flight attendant 等。這一組一組的名詞緊緊地相連在一起，幾乎可以當成一個字來看待，而且它們中間是不可以加入任何形容詞的。我們來看看下面的例子：

(1) I saw the flight attendant on the bus.

(2) I love summer vacation.

我們以(1)句為例，可以畫出如下的樹狀圖。

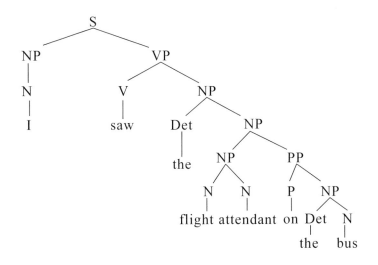

圖20

3.後修飾

　　接下來我們要談的是後修飾名詞片語。後修飾名詞片語就是一個字或詞修飾它前面的名詞，可以分成兩類：介系詞片語（Prepositional Phrase）和關係子句（Relative Clause），我們也分別介紹如下：

　　a. 介系詞片語，如：

　　　(1) The teacher talked to the student in a red coat.

　　　(2) The girl with brown hair can play piano.

　　以(1)句為例，我們可以畫成如下的樹狀圖：

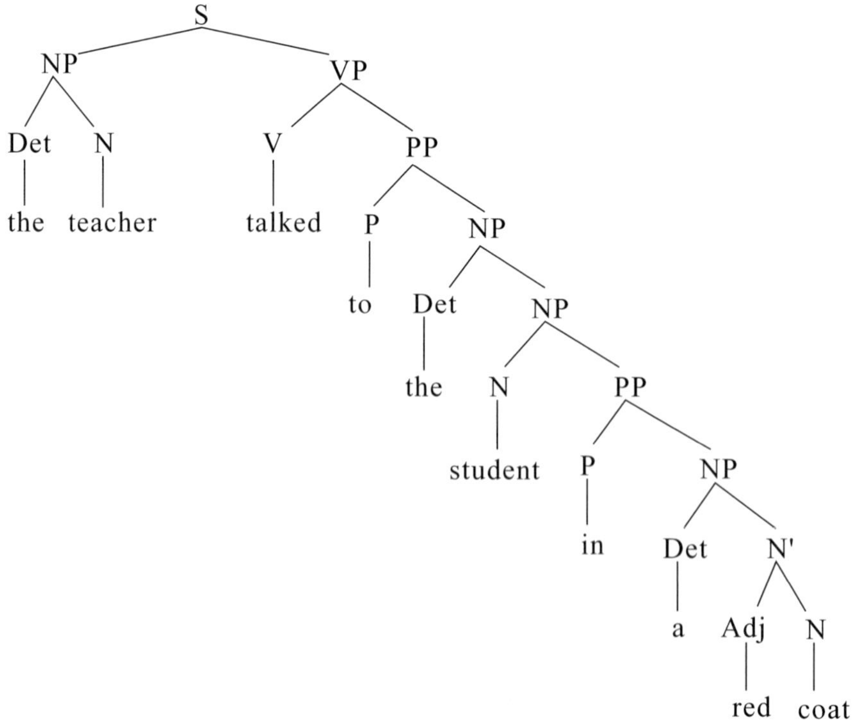

```
                       S
         NP                        VP
      Det    N            V              PP
      the  teacher       talked      P           NP
                                     to    Det          NP
                                           the    N            PP
                                                student   P          NP
                                                          in   Det          N'
                                                               a     Adj      N
                                                                     red     coat
```

圖21

b. 關係子句：關係子句和其它我們到目前所談到過的比較
不同的是，它是由一個關係代名詞所引導的子句所構成，
如：

(1) The book that I like is on the desk.

(2) I know what you mean.

　　像 that、what 還有 when、where、if、whether 等，我們把
它稱作「補語導字」（Complementizer），因為原本是一個完整
的句子，加上它們以後，就被「補語化」了，變成子句。我們可
以將上面兩個句子，畫成如下的樹狀圖：

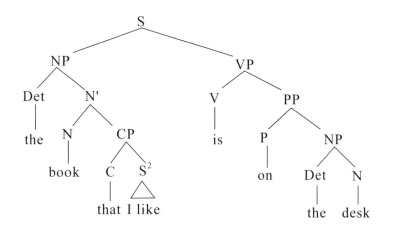

圖22

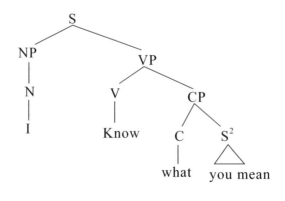

圖23

這樣的話，我們又必須要加上下面兩個句法規則：

N' → N CP

CP → C S

第七節　動詞片語（Verb Phrases）

現在我們來談動詞片語，基本上，動詞可依其屬性分成下列
幾種：

- 及物動詞（Transitive Verbs）
- 不及物動詞（Intransitive Verbs）
- 雙及物動詞（Ditransitive Verbs）
- 連綴動詞（Intensive Verbs）
- 複雜及物動詞（Complex-Transitive Verbs）
- 介系詞動詞（Prepositional Verbs）

我們現在就依序來討論：

首先，我們來談及物動詞。及物動詞必須要有一個直接受詞（Direct Object），一個句子才算完整，如下面的例子：

a. The mother hugged her daughter.

b. Mary moved the chair.

c. The dog chased the cat.

我們以 a. 句爲例，可以畫出如下的樹狀圖：

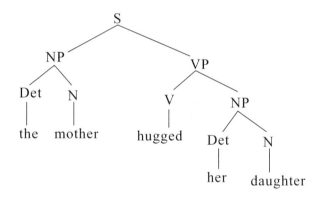

圖24

我們再來談談不及物動詞。不及物動詞和及物動詞正好相反，它不需要任何受詞，如 Mary smiled.，我們可以畫出如下的樹狀圖：

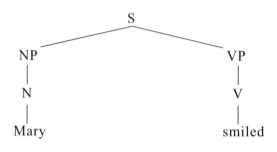

圖25

　　如果一個句子的動詞是不及物動詞的話，如 Mary smiled.，那動詞片語 VP 就只有一個 V 了，我們可寫成下面的規則：

　　VP → V

　　而 VP 還有一種情況，就是包含一個介系詞片語 PP，如 The students studied in the library. 我們可以畫成如下圖：

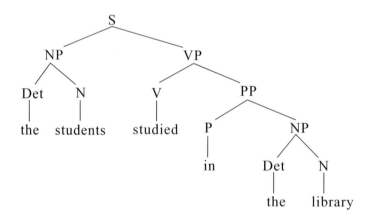

圖26

　　這樣，我們又可以加下面兩個規則：

VP → V PP

PP → P NP

　　另外一種 VP 可能的情況就是，這個 VP 裡面包含了一個子句，如 I told him that I published a book. 這句子中 I published a book 是一個子句，由 that 所引導，that 將這個子句補語化了，所以我們將 that 稱作是「補語導詞」（Complementizer），以 C 為代稱，這我們在前面 NP 的地方已討論過。這個句子可以畫成下面的樹狀圖：

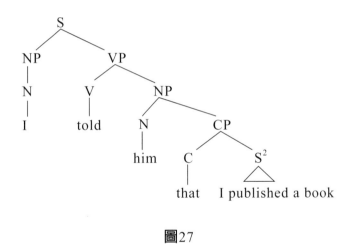

圖27

　　如此一來，我們又可以加下面的規則：

VP → V CP

　　另外，我們要談的就是雙及物動詞。雙及物動詞顧名思義，就是這個動詞需要兩個受詞，一個「直接受詞」（Direct Object 或稱 *d*O），另一個是「間接受詞」（Indirec Object 或

iO）。我們現在就以 Mary gave Jack a pencil. 爲例，這個句子有兩個名詞片語受詞，就是 Jack 和 a pencil。在這個句子裡，a pencil 是被給的東西，是直接受詞，而 Jack 是接受 a pencil 的人，是間接受詞。我們可以畫成如下的樹狀圖：

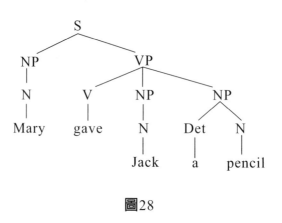

圖28

這個句子又可寫成：Mary gave a pencil to Jack.，可畫成如下的樹狀圖：

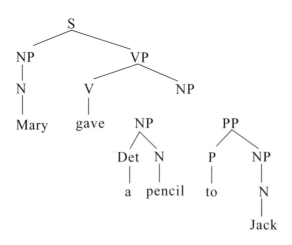

圖29

　　現在，我們再來談談另一類的動詞，叫做連綴動詞。這類的動詞包括 be 動詞 seem、become、appear 還有一些感官動詞，如 look、sound、taste、smell 等等。這些動詞有一個共同的特點就是，在一個句子中，它們之後的字都是回過頭來敘述它們之前的主詞，而這些動詞之後的敘述，則有不同的片語結構。我們來看看下面三個不同的例子：

a. John became a teacher.
b. The students are in the classroom.
c. Mary seems angry.

　　a. 例動詞後面接的是 a teacher（NP），b. 例是 in the class-room（PP），c. 例是 angry（AdjP），我們可以分別畫出如下的樹狀圖：

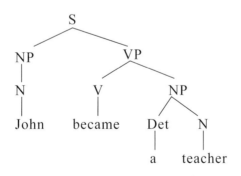

圖30

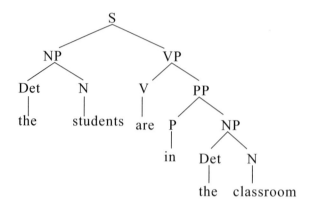

圖31

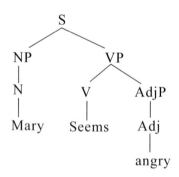

圖32

值得注意的是，這些連綴動詞都可以 be 動詞代替：

a. John is a teacher.

b. The students are in the classroom.

c. Mary is angry.

我們由上面的三個例子，必須增列下列的句法規則：

AdjP → (AdvP) Adj

PP → P NP

VP → Intensive Verb + (NP or PP or AP)

　　另外，有一種動詞叫做複雜及物動詞〔Complex-transitive Verb〕。所謂的複雜及物動詞就是，這種及物動詞的受詞需要一個補語，如 They called Peter a liar，其中 a liar 是受詞 Peter 的補語，我們可以畫出如下的樹狀圖：

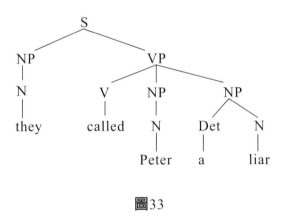

圖33

　　在這裡要提醒讀者的是，複雜及物動詞最後的受詞補語（通常是 NP）和雙及物動詞後面的直接受詞（也是 NP），功能上是不太一樣的，如：

a. We call John an egghead.

b. We gave John an egg.

　　a. 例中的 an egghead 是受詞補語，b. 例的 an egg 是直接受詞。測試的方法很簡單，如你將 b. 改成 We gave an egg to John 可以，那這個動詞就是雙及物動詞。如將 a. 改成 *We call an egghead to John 不可以，那這個動詞就是複雜及物動詞。

最後，我們來談談介系詞動詞（Prepositional Verbs）。所謂介系詞動詞就是，該動詞之後，一定要加一個介系詞片語才算完整，我們也可以把它想成，這類動詞之後必須要跟隨一個介系詞。這類的動詞有 refer (to)、look (at)、lean (on)、glance (at)、laugh (at) 等等。我們就以 The teacher referred to the book. 為例，可以畫出如下的樹狀圖：

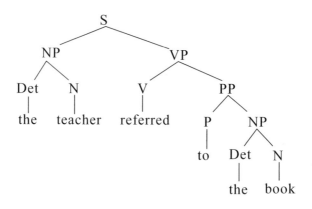

圖34

命令語氣（Imperative Mood）

我們到目前為止所談的，都是所謂的「直述語氣」（Declarative Mood）。另外還有一種語氣，我們叫做「命令語氣」（Imperative Mood）。命令語氣和直述語氣不同的地方，在於它通常省略主詞（即 NP 部份）。我們就以 Move the chair 為例，可畫出下列的樹狀圖：

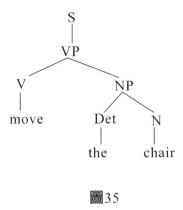

圖35

第八節　形容詞片語（Adjective Phrases）

　　形容詞或形容詞片語通常是用來修飾名詞的，它們描述了名詞的屬性，如：

The beautiful lady is my niece.

　　這部份我們已經在前面名詞片語的部份討論過了，是用 N' 的理論，我們在這裡就不再重複了。不過我們要注意的是，一個形容詞片語，有時候只包含一個形容詞而已，有時候是有一個副詞片語修飾該形容詞，如下面的句法規則：

AdjP → (AdvP) Adj

　　這我們在連綴動詞部份已經列過了，其中我們將 AdvP 放在括弧裡面，表示這部份可有可無，亦即如果沒有這部份也是合文法的。

第九節　副詞片語（Adverbial Phrases）

　　副詞或副詞片語是用來修飾形容詞、動詞或另一個副詞的，我們可以將副詞分為三大類：情狀副詞（Circumstance Adverbs）、程度副詞（Degree Adverbs）、句子副詞（Sentence Adverbs）。情狀副詞是形容動作的狀態、態度、時間、作法等，如 The baby desperately cried in the room. 中有一個副詞 desperately，用來修飾動詞 cried。這種副詞如 happily、precisely、loudly、carefully、quietly、today、yesterday 等，可以放在它所修飾的動詞的前面或後面，如下圖：

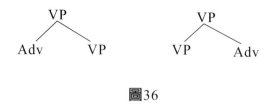

圖36

　　這樣的話，我們必須要加入下面兩個句法規則：

　　VP → Adv VP
　　VP → VP Adv

　　第二類的副詞，我們稱作程度副詞。程度副詞我們通常用來修飾一個副詞的程度，如 very、quite、extremely、highly 等等。如果一個副詞在副詞裡面不能單獨在，如 *Ken swims <u>very</u> 那它就是程度副詞了，我們以（deg）來表示。我們以 Mary dances very beautifully 為例，可以畫出以下的樹狀圖：

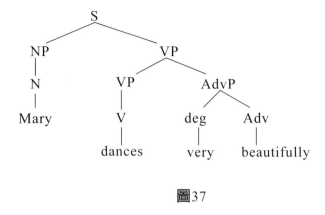

圖37

當然，我們也必須加入下面的句法規則：

AdvP → (deg) Adv

第三類的副詞，我們稱作句子副詞。句子副詞是修飾整個句子的副詞，它可以說是對整個句子的評論、態度，總結等，如 generally、certainly、unfortunately、 frankly 等。這類的副詞可以說是最具彈性，可以放在一個句子的最前面、中間、或最後面。我們現在就來看看下面的例子：

a. Fortunately I passed the exam.
b. I fortunately passed the exam.
c. I passed the exam fortunately.

這三個句子，我們可以分別畫出以下的樹狀圖：

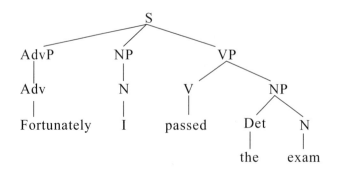

圖38

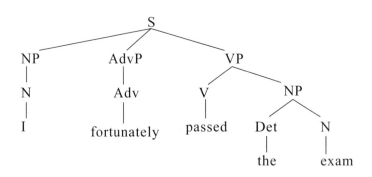

圖39

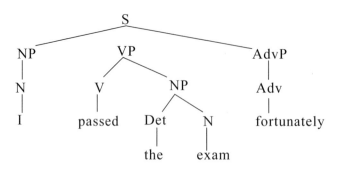

圖40

因此我們可能又要增加下面三個句法規則了：

S → AdvP NP VP

S → NP AdvP VP

S → NP VP AdvP

第十節　連接詞（Conjunctions）

連接詞可分為對等連接詞（Coordinating Conjunctions），如 and、or 等和從屬連接詞（Subordinating Conjunctions），如 although、but 等。本節要先談的是子句的從屬性和對等性。我們都知道一個句子裡面，往往不只是只有一個簡單的句子，在複合句（Compound Sentences）裡面，往往會有兩個子句，它們都有句子的基本結構。把兩個句子連在一起的方式有兩種，一種是將一個句子附屬在另一個子句之下，叫做「從屬」關係（Subordination），另一種叫做「對等」關係（Coordination），就是將兩個子句並列，因為它們同等重要，我們就先來談談從屬關係。

1.從屬關係

一個複合句，通常是談一個人、事、物的兩件事情，我們把它合併起來，取其重要的為主要子句（Main Clause）較不重要的為從屬子句（Subordinate Clause），從屬子句由一個從屬導字（Subordinator）所引導，如下面的例子：

The girl studies hard.

The girl is beautiful.

你可以合併寫成一個句子，如下面兩個例子：

(1) The girl who studies hard is beautiful.

(2) The girl who is beautiful studies hard.

(1)句中 The girl is beautiful 是主要子句，而 studies hard 則是較次要要表達的意思；(2)句中 The girl studies hard 是主要子句，而 is beautiful 則是較次要要表達的意思。像這類有主、從子句的複合句，我們可以將從屬子句分成幾類：關係子句（Relative Clause）、副詞子句（Adverbial Clause）、名詞子句（Noun Clause）、補語子句（Complement Clause）、無時態動詞等（Non-finite Verb）等，下面我們將一個一個分別來談。

a. 關係子句（Relative Clause）

關係子句通常是後修飾一個名詞片語的頭（即名詞），如前面的兩個例子，who studies hard 和 who is beautiful 都是後修飾 the girl，也就是分別嵌入在主要子句 The girl is beautiful 和 The girl studies hard 中，從下面(1)句的樹狀圖中，可以出 S^2 是附屬在 S^1 下，這種樹狀圖的好處就是，很容易看出哪個是主要子句，哪個是從屬子句。

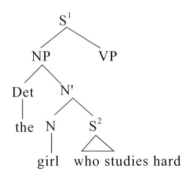

圖41

那我們就必須要加入下面的規則了：

$$N' \rightarrow N\ S^2$$

b. 副詞子句（Adverbial Clause）

就像我們前面提到的副詞片語一樣，從屬副詞子句通常是提供行為、時間、地點等資訊，也就是說明 when、where、why、how 等。現在我們就依序來舉例：

(1) She always keeps silent when she feels unhappy. (when)

(2) We went to the supermarket where a variety of stuff can be easily found. (where)

(3) I have changed my impression of him because he cheated on the exam. (why)

(4) I felt relaxed that I told him the truth. (how)

要注意的是，前面所提到的關係子句，其從屬子句的從屬導詞有時候是可以省略的，如 I like the story (that) he told me. 但副詞子句和關係子句不一樣，從屬導字是不可以省略的，我們現在以(1)句為例，畫樹狀圖如下：

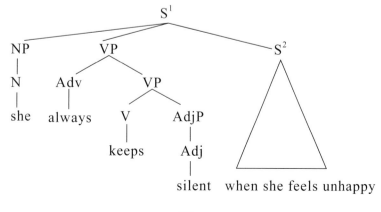

圖42

c. 名詞子句（Noun Clause）

有時主詞或受詞可以是一個名詞子句，如下面的例子，要注意的是，如果是當受詞，從屬導字可以省略，如(2)和(3)，如果是當主詞，則從屬導字不可以省略如(1)。

(1) What I want to know is your address.（主詞）

(2) I expect（that）he will come tomorrow.（直接受詞）

(3) He told her（that）he was mad about her being late to the restaurant.（直接受詞）

和前面所談的子句不一樣的是，由於名詞子句是一個句子組成的必要元素，所以這類句子的主要子句並不能單獨存在，如以(1)句爲例，主要子句是 is your address，並不能單獨存在。名詞子句類的樹狀圖我們以(1)舉例如下：

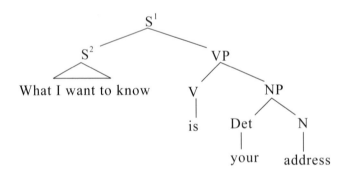

圖43

這個例子，我們其實就是用 S^2 代替 NP。

d. 補語子句（Complement Clause）

從屬子句也可以以補語的形式出現，如和感官動詞一起呈

現，做為主詞的補語，如 The thing I care about is that you learn something. 它的樹狀圖，我們可以畫成如下：

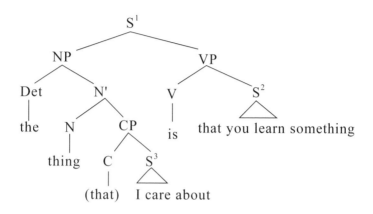

圖44

補語子句也可以是形容詞補語，如 I am sure that he will pass the exam，它的樹狀圖可以畫成如下：

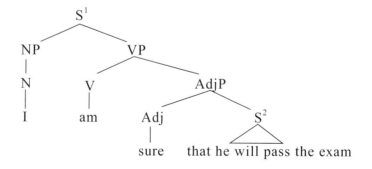

圖45

e. 無時態動詞（Non-finite Verbs）

無時態動詞是指動詞本身不具有表達時態的意義，這可能會有下列幾種情況：

(1) to + 不定詞，如 I like to study in the library.

(2) 純不定詞，如 She made the baby cry.

另外還有比較複雜的情況，如：

(3) –ing + 分詞，如 The teacher left the students studying in the classroom.

(4) –en + 分詞，如 Disappointed by the announcement, he retired from the company.

我們現在就將上面的例子，大致畫出無時態動詞的部份如下：

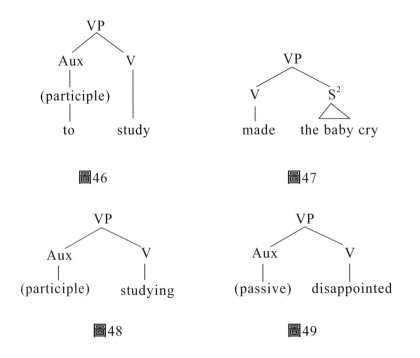

圖46　　　　　　　　　圖47

圖48　　　　　　　　　圖49

f. 後修飾語（post-modifier）

和關係代名詞一樣，無時態關係代名詞亦可後修飾名詞片語中的名詞，下面是一些後修飾的例子：

(1) The dictionary for you to use is on the bookshelf.

(2) The teacher teaching in the classroom is my aunt.

我們就以(1)句為例，畫出下面的樹狀圖：

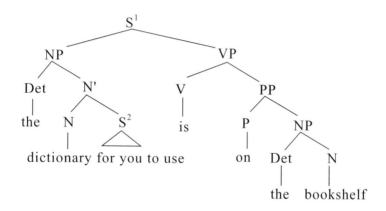

圖50

2.對等關係

現在我們再來談談「對等」關係的情況，也就是兩個子句是對等的，沒有主從之分，它們是同樣的重要的，通常是以對等連接詞 and, but, or 等來連接，如下面的例子：

(1) I just passed the entrance exam and I am really happy about that.

(2) She is really beautiful and elegant.

(3) He can study and listen to the music at the same time.

我們可以看出，對等連接詞可以連接字、詞、甚或句子，也不限定連接何種詞性，但因爲是對等連接詞，唯一的條件就是所連接的兩組或兩組以上的字或詞，一定要屬於同樣的句法詞性，如同屬名詞、名詞片語、動詞、動詞片語等。我們現在以 My sister and I are students 這個句子爲例，my sister 和 I 由一個對等連接 and 詞連接，我們可以畫樹狀圖如下：

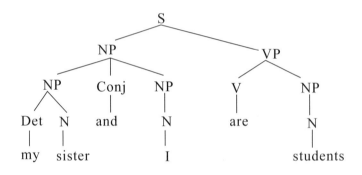

圖51

當然，我們又可以增加下面一個規則如下：

　　NP → NP ConjP NP

我們都知道，對等連接詞可以連接不同的片語，如 VP，PP，AdjP 等，在這種情況下，我們只要把 NP 改成其它的片語就可以了，如：

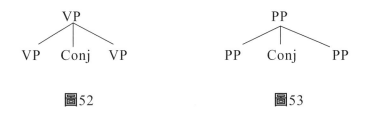

圖52　　　　　　　　　　　圖53

　　我們之前曾提過，用結構樹狀圖來分析句子，可以解決結構混淆的問題。在對等句型裡，也會出現結構混淆的問題，如對等連接詞所連接的兩個名詞片語，如有一個前修飾形容詞，就會造成混淆，如：

Young teachers and students are full of energy.

　　到底 young 是形容 teachers 而已，還是形容 teachers 和 students 呢？我們如果以樹狀圖分別畫出這兩種不同的情況，就不會混淆不清的情況了。

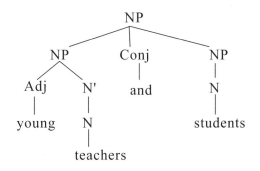

圖54

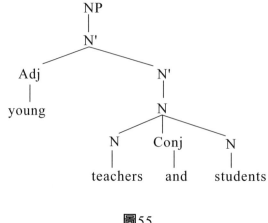

圖55

　　第一個句子是指年輕的老師們和學生們都充滿了活力，第二個句子是指年輕的老師們和年輕的學生們都充滿了活力。

第十一節　句子（Sentences）

　　我們前面提到過各種片語的核心字，也就是所謂的「頭」，那你可能會問，那句子的頭是什麼呢？有沒有注意到，我們之前所畫的樹狀圖都還沒有涉及到助動詞呢？如果我說這些助動詞所代表的時態是句子的頭呢？因為在英語裡，我們所描述的每一個事件或狀態，都需要表達事件已經發生、正在發生、將要發生、或可能發生，如下面的例子：

I will study English.

I have studied English.

I am studying English.

I may study English.

助動詞像 will、have、be 動詞等可以表達一個事件或狀態的時間。另外情態助動詞如 may、can 等則蘊含著「可能性」、「有能力」等意思。那我們就界定助動詞是一個句子的頭、就像動詞片語的補語詞表達動作的一些情況一樣。

我們注意到，不同的助動詞可能要和不同的動詞片語配合，來表達出時態，如：

The student is studying English.（is 必須和 V-ing 配合，構成現在式）

The student has studied English.（has 必須和過去分詞 V-ed 配合，構成完成式）

The student has been studying English.（兩個助動詞 has 和 been 必須要和 V-ing 配合，構成完成進行式）

The student will study English.

The student may study English.

（以上兩句，配合情態助動詞 will 和 may，動詞必須用原形，即不加任何字尾。）

為了能解決助動詞的問題，我們需要增加下面的規則：

VP → Aux VP

如下圖：

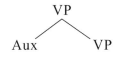

圖56

這樣的話，我們可以解決一個 VP 有多個助動詞的問題，如：

My sister may be studying.

My sister has been studying all day.

My sister must have been studying 等。

關於解決 Aux 的問題，一些語言學家所採用的 T（指 Tense）和 TP（指 Tense Phrase），而不用 Aux 和 S。關於上面的一些例子，我們可以畫出下面的樹狀圖雛形：

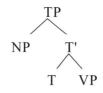

圖57

另外，許多語言學家認為，XP（即 NP, PP, TP, AdjP 或 CP）有三個層次，如下圖：

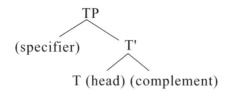

圖58

　　這就是所謂的 X-bar 理論。第一層是 XP，第二層包括一個修飾語（Specifier）和 X'（X-bar），NP 的修飾語可以是 Det，VP 的修飾語可以是 Adv，AdjP 的修飾語可以是程度副詞如 very、quite 等。第三個層次則是作為核心字的 X 和其補語詞，如名詞片語或動詞片語。如果 VP → Aux VP 可以解決助動詞的問題的話，那就可以暫時不用理會 T-bar 和 X-bar 的理論了。

　　現在又有一個問題出現，並不是每個句子都有助動詞，如下面的句子：

The teacher helped the student.

　　我們在沒有助動詞的情況下，還是照樣用我們 VP → Aux VP 的規則，而 Aux 的部份則分別以 present（現在式）或 past（過去式）來標示，可畫成如下的樹狀圖：

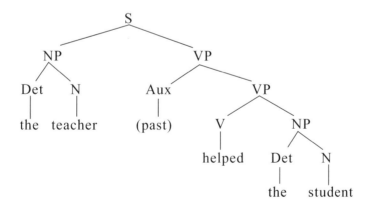

圖59

第十二節　選擇（Selection）

　　前面提到了一個片語的補語，那麼一個片語只要合乎句法規則，什麼樣的補語都可以嗎？一個句子只要有一個動詞，那什麼樣的主詞都可以嗎？並不盡然是這樣。一個動詞對它的補語是有選擇性的，對它的主詞也是有選擇性的，我們稱之為「選擇」。選擇又有兩種，一種叫做分類選擇（C-selection），C 代表 categorial；另一種叫做語意選擇（S-selection），S 是代表 semantic，我們下面就分別來談一下。

1.分類選擇（C-selection）

　　分類選擇又叫做次分類（Subcategorization）。我們就以動詞來說，究竟一個動詞是不是一定要有補語詞，或需要什麼樣的補語詞呢？那完全要看這個動詞的屬性而定，我們將動詞再度細分成不同的動詞，各種動詞也可能再細分，而各種不同的動詞對補語詞的要求也不一樣。首先，我們將動詞分為及物動詞（Transitive Verb）和不及物動詞（Intransitive Verb），及物動詞要有 NP 受詞，不及物動詞則不能有受詞，如下面的例子：

及物動詞：　The boy hit the ball.
　　　　　　I gave him a pen.
不及物動詞：He smiled.
　　　　　　The baby cried.

從上面的例子我們可以看出，及物動詞有的只需要一個受

詞，如 hit 等，有的卻需要兩個受詞，如 give 需要一個直接受詞
（a gift）和一個間接受詞（him），這種動詞我們把它叫做雙及
物動詞（Ditransitive Verb）。

此外，像 put 這類的動詞，需要一個受詞，但它除了需要一
個 NP 受詞外，另外還需要一個 PP 爲補語詞，如 I put the book
on the desk. 的 the book (NP)和 on the desk (PP). 另外如 think 這
個字，後面需要補語連詞（that）所引導的一個句子，如 Many
students think that the exam was easy. 這也就是什麼樣的動詞就
需要選擇什麼樣的補語詞，如你說 *I give him 就是不行，因爲
give 這個字需要選擇一個直接受詞和一個間接受詞。

2.語意選擇（Semantic Selection）

有時候，某個動詞所蘊含的語意，會影響到它對其主詞或
補語詞等的選擇，我們叫做語意選擇（S-selection），如 murder
這個字，蘊含著主詞和受詞都必須是人，drink 這個字蘊含著主
詞必須是人或其它動物，受詞必須是一種液體，如 The cat drank
some water，如果說 The book drank some stone 就不行。

總之，一個正確的片語或句子，至少需符合兩項原則：
一、須符合片語結構的規則，如我們之前所談的各種樹狀圖或句
法規則。二、需符合補語詞選擇的規則，即我們這裡所談的分類
選擇和語意選擇。

第十三節　變形樹狀圖
（Transformational Phrase Structure Trees）

　　我們到現在為止，已經談論了傳統的句法的結構、分類選擇和語意選擇等，但這並不能解決所有句型的問題。我們就以問句來說，我們知道一個句子如果有助動詞或 be 動詞，改成問句的時候，我們必須要將助動詞或 be 動詞移動到句子的最前面。如果要以樹狀圖表示一個問句的結構，我們必須先將問句改成基本的直述句型，然後再利用移動的規則，將助動詞或 be 動詞移到句子的前面。我們現在就以 Will the boy study? 為例，我們先要將此句改成直述句 The boy will study，這基本結構叫做「深層結構」（Deep Structure 或 d-structure），我們可以畫出下面的樹狀圖：

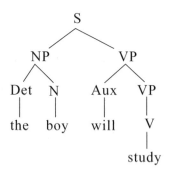

圖60

　　接下來，我們必須將助動詞 will 移動到句首。這個最後的結構，我們叫做「表面結構」（Surface Structure 或 s-structure）。我們可以畫出如下的樹狀圖：

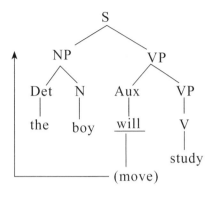

圖61

另外像這類的變形樹狀圖，還有許多種，如：

- 主動 → 被動

  The dog bit the boy → The boy was bitten by the dog.
- There 句

  There are five boys in the playground. → Five boys are in the playground.
- 介系詞倒裝句

  The students decorated the classroom with beautiful flowers. → With beautiful flowers, the students decorated the classroom.

　　像這類的變形樹狀圖，首先要先將這些句子改成基本的直述句型，然後再依移動、插入、刪除等步驟，畫出變形樹狀圖。我們沒辦法在本書一一畫出它們的樹狀圖，因為這類變形的句子實在太多了。

第十四節　結構混淆（Structural Ambiguity）

　　結構混淆是指一個句子有兩個或兩個以上不同的意思，而如果分析它的句子結構，不同的結構會反映出不同的意思。我們上面也提到過，在對等的名詞片語裡如果前面加上一個形容詞，可能會造成結構混淆的問題，我們現在就以下面的句子為例，更深入談結構混淆的問題：

The teacher talked to the student with a microphone.

　　這句話可以有兩種不同的解讀，第一，老師用麥克風和這個學生說話，畫出來的樹狀圖如下：

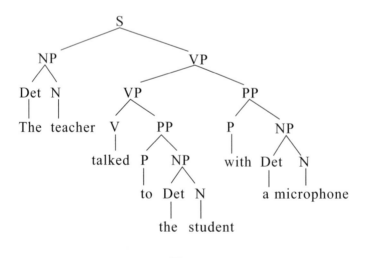

圖62

　　你可以看到 with a microphone 是在 VP 之下，也就是補充 talked 這個動作。我們再來看看第二個意思：老師和帶著麥克風的學生說話，畫出來的樹狀圖如下：

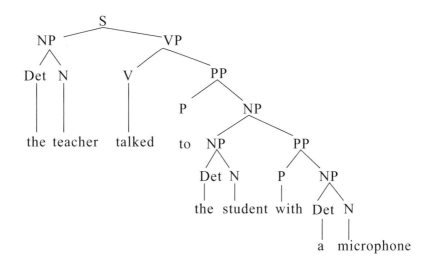

圖63

　　我們可以看出，with a microphone 是在 the student 的 NP 之下，指的是帶著麥克風的學生。所以如果有結構混淆的問題，用樹狀圖表達就可以解決這個問題。為了解決 VP 下面有兩個 PP 的問題，我們需要加一個規則：

NP → NP + PP

練習思考題

1. 請用構素測試法測試下面畫底線的部份是否為構素。

   a. There was a dispute between the two countries <u>about the border</u>.

   b. Let's <u>go hunting</u> tomorrow.

   c. I had a cheese <u>and mushroom omelet</u> this morning.

   d. The children were chasing <u>each other's shadows</u>.

   e. <u>The trip turned into</u> a nightmare when they both got sick.

   f. These are <u>fossils over two million years old</u>.

   g. He gave me <u>detailed instructions</u> on how to get there.

   h. We had to make <u>a detour around</u> the flooded fields.

   i. Full details are given <u>in Appendix 1</u>.

   j. There is still time <u>to change your mind</u>.

2. 請畫出下列句子的結構樹狀圖。

   a. His pencil is in the drawer.

   b. The hard-working student won the championship.

   c. I bought a computer game yesterday.

   d. The boy studied in a library with many sources.

   e. Betty seems very happy.

   f. Mary felt frustrated that she failed the entrance exam.

   g. Our teacher is nice and enthusiastic.

   h. I will meet you in the restaurant tomorrow.

   i. I have been studying English for many years.

   j. The girl whom I like can dance very well.

3. 下面的句子，請依「選擇」的概念，說明問題出在哪裡。

   a. *The book ate a computer yesterday.

   b. *I lent him.

   c. *Please put the book.

   d. *The computer is eating a stone.

   e. *The piece of paper is crying.

4. 下面兩個句子結構混淆，各有兩個不同的意思，請分別以樹狀圖展現不同意思的不同結構。

   a. Jack argued with his classmate with sofficient evidence.

   b. The stainless spoon and plates are on the desk

第八章

神經語言學
（Neurolinguistics）

第一節　神經語言學概說

　　神經語言學簡單地說，就是研究人類語言如何在我們人類腦部運作，並進而探討失語症和語言自主性等議題，另外我們也提到了，尚無法得到證實的「語言關鍵期的假說」。長久以來人類一直在思索著語言習得和認知能力等方面的問題，而語言和腦之間又有什麼關係呢？隨著科技的進步，腦部與語言之間的祕密已經漸漸被揭開了。但是就整體來說，我們對腦部的了解還是很有限的。我們人類到底是如何儲存語言、處理語言呢？在第十章的心理語言學裡，我們將討論比較抽象的語言和心智的關係，及人類是如何去習得語言、了解語言並分析語言。而在本章裡，我們要探討的是實體的腦部如何處理、儲存、傳輸我們的語言，就是所謂的神經語言學，而我們這類的知識大部份是靠我們長久的實驗和經驗所得來的。

第二節　語言和人類的大腦

　　大腦，可以說是人類最複雜的器官了。首先我們要了解的是，人類大腦的表面叫做「腦皮層」（Cortex），是由上千萬的神經細胞所組成，它主要主導人類的意識行動、接受來自五官的訊息、執行動作、儲存記憶等，這就是人類之所以有別於其它動物，能從事較高層次的認知活動，如做數學、使用語言等的原因。

　　我們人類的大腦是由兩個腦半球（Cerebral Hemisphere）左腦和右腦所組成，左腦和右腦間由一個薄膜叫做「胼胝體」（Corpus Callosum）來聯繫，如下圖：

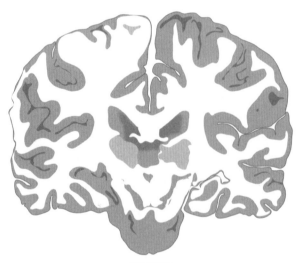

胼胝體

圖64

　　由於這個薄膜，才能讓左腦和右腦溝通。由於這個薄膜的上億神經纖維，使得這兩個腦半球可以統合來自外界的各種刺激，如視覺、觸覺、口語、聽力、嗅覺等，來建立一個我們周圍環境的完整圖像。一般來說，左腦是管控我們身體的右半部（右手、右腳、右耳等），右腦是管控我們身體的左半部（左手、左腳、左耳等），這就是所謂的「對側大腦功能」（Contralateral Brain Function），如下圖：

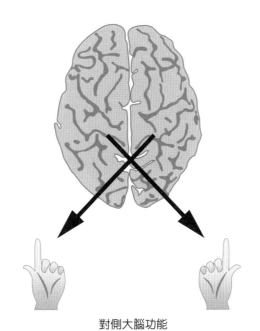

對側大腦功能

圖65

　　語言部份是由左腦管控的，而語言不同的功能、屬性等，是由左腦不同的部位在管控的，如我們在第四章字形學也提到過，實體字和功能字是由不同的部位在負責的。你可能會問，我們怎

麼會知道呢？早在十九世紀的時候，加爾（Franz Joseph Gall）
就提出了大腦局部化（Localization）的理論，直指人類不同的
認知能力分別由位於腦部不同的部位在管控。這個理論，隨著後
來的學者對正常的腦部和腦部受損的人所做的研究，漸漸得到認
同，下面就是幾個比較關鍵性的研究例子。

1.雙叉聽力測驗（Dichotic Listening）

首先，我們來談一談在神經語言學上一個很有名的實驗，叫
做雙叉聽力測驗。在這個實驗中，受測者用左右耳機同時聽到聲
音，這聲音可能是字或音節，也可能是自然的聲音，如咳嗽、笑
聲、樂聲、鳥聲等，此研究要受測者分辨出各種不同的聲音。研
究結果顯示，如果字的聲音由右耳輸入，或自然的聲音由左耳輸
入，則受測者答對的機率比較高。這除了證明左腦控管語言外，
也再度說明，語言和一般大自然的聲音是不一樣的，左腦管的是
語言，並不包括一般自然的聲音。

2.腦分離患者（Split-brain Patients）

另一個有關腦分離患者的實驗，再度證明人類語言是由左腦
控管的。前面提到過，我們的左腦和右腦是由胼胝體薄膜在聯繫
的。但對於嚴重的癲癇患者，左腦和右腦通常需做手術分離，因
此兩個腦互不相通，不會傳輸訊息給對方，因為癲癇的發作，部
份是由於患者的運動神經皮層負載過多的資訊，在這兩個腦之間
往返，腦分離手術可以減少癲癇的發作。當然現在醫藥發達，已
經不用這種手術了。

有一個實驗是將腦分離手術的患者蒙上眼睛，將一個東西放
在他們其中的一個手中，讓他們說出這個東西的名稱。研究結果

顯示，如果將東西放在患者的左手（右腦控管），受測者往往沒有辦法說出這東西的名稱。而如果把東西放在患者的右手（左腦控管），受測者往往能說出這個東西的名稱，這又再度證明，我們控管語言的中心在左腦。當然現代醫學進步，我們已經不需要靠手術或解剖來找出腦部受傷的部位，現代的醫學技術如電腦斷層掃描（PET）、核磁共振影像（MRI）等都可以很快地找出腦部受傷的部位。

第三節　腦部的語言中心（Language Centers）

　　長久以來的醫學研究，我們可以約略地勾勒出腦部管理語言的部份。我們前面提到過，左腦負責我們的語言運作，而這部份的腦皮層構成了所謂的語言中心，大部份人的語言中心都是在左腦。基本上，這個中心有三個比較主要的部份：布洛卡區（Broca's Area）、韋尼克區（Wernickes Area）和角腦回（Angular Gyrus）。布洛卡區大致位於左腦的前半部，它負責組織我們的發音方式、引導我們做發音這個動作，如口語的話就是臉、口部、舌頭等的協調，如果是手語的話，就是手、手臂、臉、身體等的協調。而布洛卡區似乎也負責功能字、變化詞素等的運用，基本上它是負責語言的產出。

　　另外一個語言中心的重要部份，就是韋尼克區，它位於語言中心的較後半部。這個區域主要是負責接收字或句子及對字、句子等的了解，所以和布洛卡區比較起來，布洛卡區傾向於產出語言，而韋尼克區則傾向於接收語言。這兩個部份，我們在下一節有關失語症，會有更多的介紹。

最後，在語言中心還有一個部份，我們稱作「角腦回」
（Angular Gyrus）。它是位在韋尼克區和視覺皮層（Visual Cor-
tex）間，它將視覺的刺激轉變成聲音的刺激或將聲音的刺激轉
變成視覺的刺激，使我們能夠將口說語言和實物圖像或書寫配
合，這也就是為什麼人類會閱讀和書寫。下圖我們就來看看這些
部份在腦部大致分佈的情形。

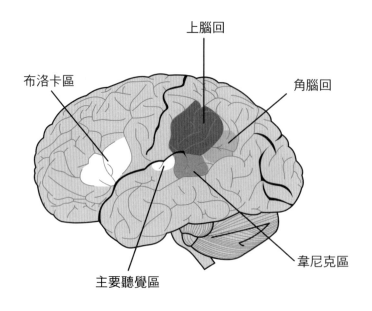

圖66

第四節　語言運作的流程

了解了腦部負責語言的各部位後，我們要來看看這些部位
是如何運作的，這我們可要從產出一個口語、接收一個口語、或

閱讀了解一個字等方面來談。如要產出一個字，韋尼克區首先必須要啓動，搜尋腦部內的字庫，然後透過拱形纖維束傳輸到布洛卡區，布洛卡區然後解讀這些資訊，將所必須要參與的發聲器官的資訊傳輸給運動皮層，牽引肌肉動作，發出聲來。反過來，如果是接受、聽到一個字的話，則這個刺激會由耳朵進入聽覺皮層（如果是手語的話，則是視覺皮層）。如果這個刺激搜尋到了腦內字庫的單字時，韋尼克區就會啓動（或如果是影像書寫的話，角腦回會啓動視覺皮層），解讀所接受到的字。

　　至於我們閱讀、理解的流程則是，我們在閱讀一個字時，我們眼睛所看到的視覺資訊首先傳送到視覺皮層，然後，角腦回搜尋腦內字庫和其配合，將此資訊傳送到韋尼克區，韋尼克區則解讀此字的意義。以上本節所講的就是，語言如何在我們腦部運作的流程。

第五節　失語症（Aphasia）

　　失語症是指由於疾病或外傷所引起的後天性語言失調，它是長久以來研究人類大腦和語言關係的一個重要領域。爲什麼呢？因爲由於失語症的研究，我們更能確定語言的局部化，即不同語言的部份是由左腦不同的部位在負責的。大部份的失語症患者，都不會失去整個語言能力，而是語言的某一方面失調，而這部份又往往和受傷的部位有關，下面我們就詳細地來談一下失語症。

　　早在1860年代，法國學者布洛卡（Paul Broca）就提出了「語言的控管側化在左腦」的說法，更確切地說是在左腦的前半部。布洛卡的說法是根據他研究左腦前葉受損病人的結果。

從此以後，我們把左腦前葉的該部份就叫做「布洛卡區」，而由於這區塊受損所引起的失語症，我們就稱作「布洛卡失語症」（Broca's Aphasia）。布洛卡失語症患者的特徵是說話很吃力，有時候找不到想說的字，最重要的是，他們沒有辦法依照句法的規則來組織句子，他們的句子裡通常會遺漏冠詞、介系詞、代名詞、助動詞、過去式和複數的字尾等等。

　　大約在一世紀之後，另外一個德國學者韋尼克（Carl Wernicke）提出了發生在他病人身上的另一個不同現象。韋尼克的病人是在左腦太陽穴道葉的地方受損，現在我們就把左腦這個稍微後面的地方叫做「韋尼克區」，而由於這區塊受損所引起的失語症，我們就稱作「韋尼克失語症」（Wernicke's Aphasia）。和布洛卡失語症病患不同的是，韋尼克失語症患者說話很流利，音調也很好，講出來的話也合乎句法規則，但他們所講出來的話，在語意上卻是不連貫，無法正確講出擺在他們面前東西的名稱，說話時也不曉得要選用哪些字，常常講出一些無意義、人家聽不懂的話，如要他們形容叉子，他們可能會說"a need for a schedule"。

　　另外一種失語症，我們稱作「傳輸失語症」（Conduction Aphasia），患者是由於聯繫布洛卡區和韋尼克區的拱形纖維束受損，使得資訊無法從韋尼克區傳到布洛卡區，因此患者可能有像韋尼克失語症患者的情況，可以講流利卻無意義的話，但他們又好像能了解別人講的話，這是因為語言中心的這兩個部份無法溝通，因此患者可以正確地了解字的意思，因為他們的韋尼克區沒有受損，但韋尼克區卻沒有辦法透過拱形纖維束將訊息傳到布洛卡區，因此患者沒有辦法正確發音。

　　下面我們要談的是「閱讀障礙」（Dyslexia）。後天性閱讀

障礙（Acquired Dyslexics）是指由於腦部受損所引起的閱讀能力的失調，通常是隨意替換字或者是遺漏功能字，甚或完全不會讀功能字。但他們卻能讀實體字，雖然還是有很多語意上的錯誤，這又再度證明，實體字和功能字是由腦部不同的部位所負責的。另外，喑啞人士的手語又是一個例子。腦部布洛卡區受損的喑啞患者，他們的手語也顯示得非常不流暢，也不合文法，而韋尼克區受損的患者，同樣是手語非常流暢，但語意方面不連貫或不一致。

　　上述所提到的失語症患者的語言困難，絕對不是由於認知或智力方面受損，或者是語言器官的神經或肌肉失調。患者均能發出或聽到語言，他們認知的能力也沒受損，唯一有問題的是大腦負責語言構造的某一部份。有關喑啞失語症患者的研究也發現，喑啞人士的語言也側化在左腦，所以由此可知，左腦是負責一個抽象的語言符號系統，而不是只有聽和說。

　　由上述的例子我們可以得知，語言是一個獨立的認知系統，所以失語症患者可以在其它的認知能力方面很正常，而腦部負責語言這部份不同的部位受損，也會產生不同的影響。下節我們就要來看看一些能證明語言是一個獨立的認知系統的研究報告。

第六節　語言自主性

　　現在我們再來探討一個問題，就是「語言是獨立於其它認知能力外的一種能力嗎？」，也就是說，有可能一個人的其它認知能力低落，語言能力卻無受損，和正常人一樣，甚至優於正常人

嗎？答案是肯定的。首先，「認知模組」的概念（The Modular
View of Cognition），又受到進一步的支持，也就是人類頭腦是
由不同的模組區塊所組成，各司不同的認知能力，甚至語言的
區塊都有各司不同語言領域的模組，如口說、寫作等。語言研究
史上，有很多所謂的「語言天才」的例子。首先，我們來看看一
個叫勞拉（Laura）的年輕女孩的故事。勞拉是一個十多歲的女
孩，她的智商只有41到44之間，她幾乎沒有數字的概念，也不會
數東西，更不會加減數字、看時間等。但是她在16歲的時候，卻
能說出非常複雜，且合文法的句子，她能了解並使用被動式、動
詞三態、還有主詞和動詞的配合等，但她卻無法書寫和閱讀。

　　另外是一個叫克里斯多福（Christopher）的例子。克里斯多
福非語言的智商在60到70之間，他必須住在一個特殊的機構，
因為他生活沒有辦法自理，他不會扣鈕扣、剪指甲等，但是他的
語言能力卻和母語人士一樣的好。曾經給他過15種到20種語言的
文本，包括丹麥語、荷蘭語、德語、法語、義大利語、葡萄牙語
等，他都能很快地把它們翻成英語，很少有錯誤。他都在講這些
語言的母語人士面前自己學的，除了語言之外，他似乎對其它的
都沒有興趣。由上面所說的一些例子，我們似乎可以證明，只要
我們腦部內的語言模組正常發展，我們的語言能力是不受其它認
知能力的影響的。

第七節　語言關鍵期

　　人類接觸語言，實際上從一出生就開始了，小嬰兒一出
生，就有大人在他的旁邊講話。小孩子不需要刻意地去教他語

言，只要讓他曝露在語言的環境之中。研究報告顯示，小孩子太慢接觸語言，甚至會改變腦部負責語言部份的組織。語言關鍵期（The Critical Period）的假說主要是說，人類語言的能力是與生俱來的（這就是我們第一章所提到的內置假說），而母語的學習關鍵期大約是在出生到青少年時期，在這段期間，語言的發展很快，學習很容易。超過這段期間，語言就沒有辦法完整地發展，很難習得文法，而腦部也顯現非典型的側化。

語言關鍵期的說法，似乎可以從一些實際上的例子得到印證，最著名的例子就是1798年被發現的「狼孩」維特，還有1920年在印度被發現的兩個小孩，他們都被遺置在叢林中，疑似被野狼撫養長大。另外，在1970年，一個叫吉妮的女孩被發現，她被關閉在一個小房間內，從18個月大到將近14歲，和人的接觸極少。上面的這些例子，不管這些小孩被隔離的理由是什麼，沒有一個小孩在剛被帶入人類社會的時候，會說任何的語言，這可以解釋是因為雖然他們的身體有學習語言的構造，卻沒有任何語言輸入的刺激，也說明了人類內置的語言構造，需要外部環境的刺激才能學習語言。

而這些小孩的後續呢？就以吉妮來說，在她被發現之後，她可以學很多單字，包括實體和抽象的字彙，但是她的文法能力卻沒有辦法完全發展。她講話的內容有很清楚的意義，卻沒有文法的組織。吉妮所說的話缺乏冠詞、助動詞、複數及過去式的字尾等，也沒辦法組織問句。經過檢查發現她的語言功能已側化至右腦，而學者認為她已經錯過了語言關鍵期，因為缺乏語言刺激，她腦部的語言區域已經萎縮。

另外一個例子，是一個叫雀兒喜的婦人。她天生聽障，小時候卻被認為是智能發展遲緩。當她31歲被發覺是聽障時，帶著助

聽器密集地學習語言，也學了多單字，但是卻沒有辦法發展她的文法能力。經檢查發覺，雀兒喜的左腦和右腦對語言刺激，做同樣的反應，也就是說，她的腦部沒有像正常人一樣，是不對稱的組織。雖然語言關鍵期的假說還有爭議，以上這些例子，似乎又為這個假說得到進一步的驗證。

練(習)(思)(考)(題)

1. 請大約敘述一下，人類的腦部在我們產出或接受、了解語言時是如何運作的。

2. 請由本章所提供的一些訊息，歸納出人類語言的運作是由左腦控管的一些證據。

3. 如果我說，人類的語言之所以一直進步、越趨複雜，是因爲人類的發聲器官越趨發達，你同意還是不同意，爲什麼呢？

第九章
社會語言學
（Sociolinguistics）

第一節　社會語言學概說

　　社會語言學，除了界定「語言」和「方言」外，主要是探討語言或方言在一個社會的形成和變遷、語言和文化的關係、語言的歷史及分佈、雙語或多語社會的形成等。另外，我們也要討論語言在社會上使用的一些現象，如俚語、術語、禁語、委婉語等。最後，我們要談的是比較敏感的話題，即語言歧視和語言規劃。下面我們就來探討這些社會語言學裡的重要議題。

第二節　「語言」（Languages）和「方言」（Dialects）的界定

　　首先，我們來界定「語言」和「方言」，語言學家對語言和方言，有各種不同的解讀和界定，也有可能一個語言是由一個方言發展而成的，或一個或數個方言是一個語言的變體。就以英語來說，英語系的國家，如英國、美國、澳洲、加拿大、南非等，

各講不太一樣腔調、不太一樣用字的英語，現在已經沒有所謂的「標準英語」了。誰講的才是標準英語呢？打開電視新聞播報，我們可以聽到不同口音的記者，誰講的才是標準呢？如果還存在著「我講的英語才是標準英語」的觀念，那可能表示你的眼光有點狹隘了。在邁向全球化的社會裡，能接受並熟悉不同的口音，才是全球化公民應有的態度。

又如所謂的「閩南語」，在台灣和福建南部都使用，但這兩個不同的族群的腔調和用字一樣嗎？「閩南語」是一種語言還是方言呢？語言學家訂了一個比較合邏輯的界定方式：一個語言衍生出來的多種變體就是該語言的方言，如英語是一種語言，而英國英語、美國英語、澳洲英語等，則為這個語言之下的方言。又如將閩南語作為一個語言來看待，則其之下有方言，如台灣閩南語、福建閩南語等。又如果視台灣閩南語為一個語言，則有北部腔、中部腔、南部腔等的方言。另外，如把客家語視為一個語言，那不同地區的客語使用者，如新竹，苗栗地區和屏東、台東地區所講的客語也有些微的不同呢，這些不同的客語就是方言。我們再縮小到最小的範圍，來講我們每個人的言談、口音。絕對不會一模一樣的，否則我們怎麼會在電話中說：我聽得出你的聲音。這種由於性別、年齡、發聲器官、社會地位、教育程度、語言習得的來源等所造成的個人獨特的說話腔調、口音、用字遣詞等叫做「個人習語」（Idiolect），也就是個人方言呢。

為了要解決「語言」和「方言」間的定義問題，語言學家提出了一個簡單的界定方法，即語言是多種近似的方言的組合，方言與方言間有些微的音調與用字的不同，但使用者相互間是能互相了解的，如果兩個方言發展到彼此互相不了解的情況，那就變成兩種語言了，如將台灣閩南語視為一種語言，則如上面所提，

它的下面有北部腔、中部腔、南部腔等的方言。如果將閩南語視為一個語言，那它底下會有台灣閩南語和福建閩南語等方言，這時候台灣閩南語就是一個方言了。語言或方言的判斷，絕對不能以是否為官方語言來界定，因為官方語言的訂定常有政治或社會因素的考量，如某國受另一國控制，那麼人民可能會被迫使用另一國的語言，或者如果某一語言的使用者是大多數族群，那個語言便會被訂為官方語言。

第三節　語言的發展與變遷

那麼，方言或語言到底是怎麼形成的呢？基本上，兩個方言並沒有絕對明確的分水嶺，而是循序漸進的，也無法指出兩個鄰近的方言，有多少文法或用字的不同。也就是說，甲地和鄰近的乙地方言有些微的差異，乙地和丙地的方言又有些微的差異，那麼甲地和丙地方言的差異就更大了。如果離得更遠，差得更大，到最後兩種語言的使用者互相聽不懂對方所講的話，那就是兩種語言了。

有一個概念我們要了解的是，語言是持續在改變的，雖然這個改變非常緩慢。一個方言之所以會形成，通常是起源於一個地區或族群，它們在語言上有些許的改變，而這個地區或族群的人沒有將這個改變散佈出去，就成了這個地區的特有方言。沒有散佈出去的原因，有可能是地域的隔閡，也有可能是政治、宗教、階級、種族、教育等因素。我們可能會以為，隨著交通的便捷及大眾媒體的普遍，方言與方言間的差異會越來越小。事實並不盡然，有些地區或族群的人，為了要保有他們方言的特色，卻是處

心積慮地來維護他們的方言，也就造成這個方言越形鞏固。

第四節　地域方言 (Regional Dialects)

當一些語言變體在某個地域形成，造成該地區獨特的語言，就叫做地域方言。最早地域方言的形成可以追朔到十七、八世紀的時候，遷徙到北美的居民。他們來自英國不同的地區，使用各種不同地方言，在北美定居後，就把他們所使用的地方言帶到定居地，也造成各種不同的地域方言。地域方言的形成，是由於語言使用者的遷徙，最明顯的例子是美式英語。如以 r 音為例，早期南英格蘭地區的居民，習慣把子音前的 r 音省略掉。後來他們遷徙到新英格蘭和南大西洋邊境地區，就一直維持這種腔調。像這種語音上的不同，我們就叫做腔調 (Accents)，如我們會說某人講話有紐約腔、波斯頓腔、澳洲腔等。一個人說話的腔調，很可能會洩漏出這個人是從哪裡來的。

以上我們所談的地域方言的不同，大部份指的是音韻的不同。另外也有字彙的不同，如在美國，電梯稱作 elevator，在英國稱作 lift；而英國的一樓稱作 ground floor，二樓稱作 first floor，在美國 first floor 則是指一樓；在美國汽車加油要用 gas，英國則用 Petrol，像這類的例子還很多。另外，地域語言也可能是句法上的不同，如 Jack passed the exam and Mary passed the exam，大部份的人可能會改寫成：Jack and Mary passed the exam，但是在美國密蘇里州的南方，奧沙克 (Ozark) 語言的使用者，卻會改寫成 Jack passed the exam and Mary。

以上我們所談的地域方言的不同，如音韻、字彙、句法

等，都是很微小的，也就是彼此之間還是可以互相了解的，因為一個語言之下的方言，大致還是有相同的文法規則，如果兩個方言間差異太大，那我們可能當作是兩種不同的語言了。

第五節　社會方言（Social Dialects）

地域的隔閡會產生地域方言，同樣的，社會族群的隔閡，也會造成社會方言。社會方言的成因，可以是因為社經地位、宗教、種族、甚或性別的不同，如中產階級的美國人和勞工階級的美國人使用的英語便有所不同。在巴格達（Baghdad），雖然同樣講的是阿拉伯語，但基督徒、回教徒、和猶太教徒講的也有所不同。而在印度，由於不同的社會階級，也使用不同的方言。像這些由於社會的因素所產生的方言，我們就叫做社會方言。在一個社會族群中，使用該族群的語言，有時候可以顯示出與該族群的認同感或親密感。

在這一節我們不得不提到，所謂的「標準語言」。在過去有所謂的「語言清教徒」（Language Purists），他們堅持語言有好、有壞，有高級、有低級，有對、有錯，對於那些俚語、白話、粗話等，都是語言的腐敗，都該被禁止。他們認為政治領袖、新聞播報員等所用的語言才是最標準的。但是就有丹麥的語言學家葉斯柏森（Otto Jespersen）駁斥這種可笑的想法，他認為如果我們認為高階人士或好的作家所使用的語言才是最好的，而我們也跟著他們的語調，那語言不是停滯不前，沒有進步嗎？

在較早之前，標準美國英語（Standard American English）被認為是最正統的英語方言，而費城英語、芝加哥英語、非裔美

人英語等則被認爲是低下的英語。那麼我們可能要問，誰講的英語才是標準英語呢？標準英語又如何界定呢？這些問題其實是很難回答的。當時新聞播報員所講的英語被認爲是最正統的，現在打開電視看 CNN 或 BBC 新聞播報，你不是可以發現，各個播報員都有不同的口音嗎？每一個語言或方言都是完整的、合邏輯的、可以表達的，沒有哪一個語言比較高級，那一個語言比較低級的問題。

第六節　通用語言（Lingua Francas）

人類是善於旅行的動物，也由於商業的往來，人與人之間的接觸頻繁，而不同地區或不同國家的人接觸，需要靠語言來溝通。在中古世紀，在地中海港口，貿易所使用的語言類似現今的義大利語，這種語言叫做 Lingua Franca，而 Lingua Franca 後來被用來通稱類似這樣使用的語言，即如果兩個人講不同的語言，互相不懂對方的語言，則用彼此相通的語言來溝通，尤其是在貿易的場合，那這個語言就通稱爲 Lingua Franca，也就是「通用語言」，因此每個語言都可作爲通用語言，如法語有一段時間曾是外交的通用語言，而俄語則是蘇聯共和國時期的通用語言，而在宗教方面，拉丁語曾是羅馬帝國和東基督教國家間的通用語言，而希臘語則是西基督教國家間的通用語言，意第緒語則是猶太人間的通用語言。

目前英語被認爲是世界通用的語言（Lingua Franca of the World），而全世界以英語爲母語或學英語爲第二語言或外國語的人口也佔大多數，各種教科書、產品說明書、網路介面等，也

都是以英語佔大多數。這引起了英語霸權的爭議，當然爭議的重點除了語言本身的獨佔之外，還涉及到文化。我們都知道，語言和文化是不可分割的一體兩面，如果我們學英式英語或美式英語，那就是要我們接受英國文化或美國文化囉，這對於民族主義或反對全球化的人士無法認同，所以就有兩個名詞產生了：「世界英語」（World English）及「地方英語」（Englishes）。世界英語的支持者期盼，是否有一種英語能夠去除文化的成份，純粹只是用來溝通用的中性英語。而地方英語則是指各個國家或地方發展出具有其特殊腔調或文化的英語，如台灣英語、新加坡英語、馬來西亞英語等。當然我們知道各種改變都是可能的，英語也有可能不再扮演世界通用語言的角色，這也是我們本章一直強調的，許多的因素造成語言的改變，而改變一直都緩慢地在進行著。

第七節　洋涇濱語言（Pidgin）和克里奧爾語言（Creole）

　　洋涇濱語言是指如果不同族群的語言使用者，由於政治、社會、經濟等因素需要溝通，但卻沒有一個共通的語言可以溝通，於是漸漸發展出一個可以溝通的語言，這種語言就是洋涇濱語言。要注意的是，這種語言並不是某個語言的殘缺版，缺乏文法。它一直演化進步，到最後和任何其它語言一樣，具有複雜的文法。歷史上比較著名的洋涇濱語言有在加拿大和美國西北部使用的契努克（Chinook）語言、在新幾內亞使用的托克比辛（Tok Pisin）語言和在所羅門群島使用的洋涇濱語言。

　　根據語言學家的分析，洋涇濱語言大致有下列的特點：在語音方面，洋涇濱語言通常會省略一串子音中的某個子音；在語形方面，則缺乏字首、字尾；在句法方面，洋涇濱語言大致傾向於主詞 → 動詞 → 受詞（SVO）句型。最後，在語意方面，洋涇濱語言的字彙有限，為了彌補這個不足，字通常有延伸的意思。

　　現在，我們再來談談克里奧爾語言。克里奧爾語言傳統上也被界定為是洋涇濱語言，它是許許多多講不同的語言的人在一起，沒辦法溝通，而其下一代便發展出共通的語言為其母語，這就是克里奧爾語言。克里奧爾語言是多種語言的混合語，基本上的句法結構等比洋涇濱語言嚴謹、有系統，比較為人知的克里奧爾語言有美國路易斯安那州克里奧爾語、海地的克里奧爾語、和香港的粵語等。

第八節　語域（Styles 或 Registers）

　　我們現在就縮小範圍，來談談較小規模的互動。我們平常人與人互動，其實是自我身份的表達，我們會在不同的社交場合，不同的時間，扮演不同的說話角色。我們平時說話，其實受很多不同因素的影響，如談話的對象、談話的場合、談話的主題、談話的目的等，這些隨著上述因素而產生的不同風格特徵的談話我們就稱之為「語域」（Styles 或 Registers）。

　　從正式到非正式的談話間，我們的談話風格會有很多不同。以談話的對象來說，我們對父母、對朋友、對老闆、對老師、對陌生人、對小朋友講話的態度不會一樣的。而你是在課堂報告、求職應徵、餐廳聚餐、商業談判等的場合所表現的談話風

格也不會一樣的。再者，如果你現在談的是一個嚴肅的學術議題、準備考試的技巧、旅遊或聚餐的地點，你將會有不同的談話風格。而你的談話目的也會反應在你的談話風格裡，如你的目的是要說服人家，你可能會舉出許多例子和事證，如果你是有求於人，你可能要用比較謙虛、客氣的態度，才能達到目的。凡是這些因素，都不知不覺地影響到我們語言的使用。

第九節　語言與文化

　　語言與文化猶如錢幣的一體兩面，是不可分的，文化可以說是一個語言族群的產物。同一語言的使用者構成了所謂的「語言社區」（Speech Community），而這族群的人建立出了他們特有的語言行為模式或特殊用語，並發展出了適合這個族群的言談規範，這就是所謂的「語用社區」（Discourse Community），如年輕人的談話、專業人士的術語，政治人物的官方說法等，都各有它們獨特的地方。又如當被別人稱讚時，美國人會說「謝謝」，中國人會說「哪裡、哪裡」表示謙虛，而法國人會認為被人侵犯了隱私，會說「真的嗎？」。

　　我們如果談到跨文化溝通（Cross-cultural or Intercultural Communication）指的是什麼，端看我們如何界定「文化」這個字。一般來說，我們指的是講不同的語言，屬於不同國家的人的接觸。但是我們也可以把跨文化溝通界定為，同一個國家內不同種族、社會階層、性別等的溝通，如亞裔美國人和非裔美國人的溝通、勞工階級和白領階級的溝通、同性戀和異性戀的溝通等。另外，「多文化」（Multicultural）也可以由兩個層面來看，由

社會的層面來看，是指一個社會裡存在著不同文化背景的族群，如在美國紐約地區就存在各種不同族群的人，如華裔人、義大利裔人、西班牙裔人等等，而在加拿大渥太華地區，就存在著英語裔和法語裔不同的族群。如果以個人的層面來看，是指一個人屬於不同的文化社群，他會在不同的場合、不同的時間，對不同的人使用適當的語言，而不是一定指的是這個人會說很多種不同的語言。如果你是屬於律師專業領域的人，那你在律師族群裡，可能會使用律師界的一些行話，而在政治上你又屬於某個政黨，那你在和政黨人士談話時，就會使用政治語言，又假設你的休閒娛樂是釣魚，那你在和漁友聊天時，當然是滿口釣魚經啦。

在談到語言與文化，我們不能不談到語言的「權力」。我們用語言來說服顧客買東西、讓父母相信你的教育理念是對的、安慰身心受創的病人、讓觀眾聽你的演講聽得如醉如癡、收服哭鬧的小孩等等。而在一個社會裡，人與人間的溝通對話，往往顯示出對談者間的權力關係（Power Relations），如上司對下屬、長輩對晚輩、法官對被告、買方對賣方、老師對學生、男性對女性等等。擴大至在一個國家或社會裡，語言也顯示出較大層面的「權力」，如一個政府把某個語言定位爲「官方語言」，只因爲這個語言是大多數人所使用的，或者是這個語言被認爲是受高等教育的人所使用的。這樣的話，那些使用少數語言的族群，在只有使用官方語言的場合，便被排除在政治、商界、甚至教育的場合，而他們所使用的語言也被界定爲比較低下的語言，這對他們來說是很不公平的。在歷史上，有很多語言被禁止的例子，如在蘇聯共和國時代，人民只准用沙皇所使用的俄語，其它如烏克蘭語、立陶宛語等都被禁止。而在美國印第安保留區，印第安語也是一度被禁止的。而在法國，巴黎所講的法語被認爲是標準的法

語，一個法國人如果要在法國社會成功，則必須會講這種有威望的法語。在這些語言被禁用的例子裡，曾有人感嘆，在自己的土地上竟然不能使用自己的語言。這些例子也可以顯示出文化在語言使用者心中所佔的地位了。

第十節　雙語或多語社會
（Bilingual or Multilingual Society）

我們提到雙語或多語有兩種情況，一種是個人的雙語或多語的情況，另一種則是社會的雙語或多語的情況。關於個人的部份，我們將在下一章心理語言學討論，本章則聚焦在雙語或多語的社會。在本節我們首先要談雙語或多語社會的形成，另外就是雙語社會或雙語人的特有的現象──語言轉換。

雙語或多語社會的形成

嚴格說來，在這個世界上，單語的社會或國家還真的很少，即使一個國家有大多數人所講的一個語言，在邊界地帶還是有許多少數人口所使用的少數語言。那麼，一個雙語或多語的社會是怎麼形成的呢？一般說來，基本上是自願或非自願遷徙，講某一個語言的一群人遷徙到講另一個語言的地區。

自願遷徙的情況，可能美國就是最明顯的例子了。在十九世紀和二十世紀初，美國大量地接受來自各國的移民，因此美國也形成了一個「民族大熔爐」（Melting Pot）（或者稱作「民族沙拉碗」，Salad Bowl），包含了講西班牙語、德語、希臘語、烏

克蘭語、意第緒語、義大利語，甚至有講漢語、越南語、日語等各種不同族群的人。大熔爐和沙拉碗其實有其不同的涵義，大熔爐代表所有的族群熔合在一起，造出了一個熔合所有族群文化的新文化，而沙拉碗則是各個族群在這個大文化社會裡分別具有其文化特色，分別貢獻其文化給這個大社會。

非自願遷徙的例子，如在十九世紀時，英國將簽約的印度工人，安排到飛枝群島的製糖農地工作，於是造成了飛枝原住民和印度人講不同語言的情況。另外如非洲的奴隸被賣到東、西印度群島，也造成了洋涇濱語言的產生。而蘇聯共和國解體後，新獨立的國家也面臨了學習多種語言的挑戰。而在歷史上領土的佔領和殖民政策，也造成了多語社會的產生，如法國合併普羅旺斯島等地、沙皇統治下的蘇聯共和國，西班牙和葡萄牙佔領的中南美洲地區，美國的接收新墨西哥洲和德州等都是造成多語社會的原因。

語言轉換（Codeswitching）

語言轉換（Codeswitching）是雙語社會或雙語人特有的現象，即是雙語人士在使用語言時，會在兩個句子間或在同一個句子，互換兩種不同的語言，這是一個世界共通的現象，通常發生在講共同語言的兩個族群，如我們在聊天，常常會國語、台語混著用，加拿大人會英語、法語混著用，英語、西班牙語雙語人會英語、西班牙語混著用。要注意的是，兩種語言混著用並不表示兩種語言能力的不足，反而是表示對族群的認同及對兩種語言的熟悉。有語言學家把由於某個語言能力不足，而以另外一個語言來代替稱作「語言混合」（Code-mixing），如有些非中文母語人士，在使用中文時，因無法表達某個字或詞，而夾雜著英語或

其它語言。另外，語言轉換不要和「借入字」混淆，「借入字」會將發音或語形做改變，以適合被借入的語言。而語言轉換則是維持原來語言的發音、結構等，如我需要一套「沙發」，「沙發」是借入字，而我需要一套 sofa，則是中、英文兩種語言互換。使用語言轉換者，非常了解對方也熟悉這兩種語言，因此語言轉換有時候都是無意識的。

第十一節　俚語（Slangs）、術語（Jargons）、禁語（Taboos）、委婉語（Euphemisms）

　　語言在社會上的使用、人與人的接觸，也產生了語言使用的特殊現象，如俚語、術語、禁語、委婉語等。在本節我們將分別介紹這些特殊的語言使用現象。首先，我們來談談俚語。俚語是幾乎大家都認得的字，但卻沒有辦法很精確地界定它們的意思，它們通常比較有隱喻暗含的意思、有點像嬉笑怒罵、壽命也經常比正式的字還短。俚語字有可能是結合兩個舊字賦予一個新的意思，如英語的 hang-up 本是「掛斷電話」的意思，現則有「精神上的煩惱、焦慮」的意思，rip-off 本是「撕掉」的意思，現則有「敲竹槓」的意思，而「敲竹槓」本身也是我們中文的俚語，代表過度地收費；俚語也可能是一個舊字被賦予一個新的意思，如 rave 原本是「狂罵、咆哮」的意思，現則有「整晚喧鬧的宴會」的意思，就如我們中文的「機車」，原本是一種交通工具，現在也用來罵不受歡迎的人；而也有可能是一個全新產生的字，如 barf 是「嘔吐」的意思，flub 是「把事情弄糟」的意思，而我們

中文也有一些因外來語而產生的新字，如「宅男、宅女」、「粉絲」、「壁咚」等。

俚語和正統字並沒有一個非常明顯的界線，它比較像是一個連續的進程，先來後到，有的俚語用久了之後，就變成正式的字了。俚語的產生來源也很多，如大學校園、地下組織、甚至政府官員、媒體等，它是所有語言共通的現象，不同的地域、不同的社會階層都分別有他們的俚語。俚語是因應社會需求而產生，並不應視為是墮落的語言。

而術語（Jargon 或 Argot）則是指某個專業領域或職場的特殊用語，術語的產生除了同一領域的人溝通清楚、方便外，更是要顯示出對自己領域族群的認同。最明顯的例子，就是電腦用語。近年來，由於科技的進步及電腦使用的普遍，許多電腦術語應運而生，如數據機（modem）、位元（bit）、U 槽（CPU）、光碟（DVD）等，而在英語教學的領域，則有 EFL（English as a Foreign Language）、ESL（English as a Second Language）、TESOL（Teaching English to Speakers of Other Languages）、SLA（Second Language Acquisition）等。

另外，我們再來談談禁語。在各個語言文化社會，都會有很多禁忌的語言，在某些場合不該使用。其實，由一串音構成的語言，本身並沒有所謂的優雅或粗鄙、恰當或褻瀆、乾淨或骯髒，端看社會文化及使用的場合而定。比如說，你說：我騎「機車」去上學，應該沒什麼問題，但你如果說：這個老師很「機車」，可能就是對老師不敬。又如，在很多社會都避談「死」這個字，我們會說「過世」，美國人則說 pass away。

有禁語就會有委婉語，委婉語就是為了避免那些令人感覺不舒服的禁語而產生的，如殯葬業者我們會說禮儀師，英語則會說

funeral directors 代替 morticians，又如老年人我們稱銀髮族，英語則不直接稱 old people 而稱 senior citizens。像這類的委婉語，也是各個文化、各個社會階層都有，它們反映出了一個社會、家庭甚或個人的價值判斷。

第十二節　語言歧視

　　我們所使用的語言，有時會顯示出種族、國家、或性別歧視。如我們以 nigger 來形容非裔美國人，或以 kike 來稱呼猶太人，這些算是貶抑的詞，我們應當避免。但在另一方面來說，有一種情況就是，這類的句子卻會被該族群的人，認為是族群認同的親密稱呼，如「酷兒」（queer）會在一些同性戀者間互稱，而「身障」（crip）會在身障朋友間互稱。

　　另外，比較明顯的語言歧視是，對男女不同性別所賦予的不同的認知解讀，或於女性名稱後加一字尾詞素，如 actor vs. actress 和 prince vs. princess。又如在以往，我們傳統觀念都會認為總統、教授、科學家、醫生等是男性的工作，護士，小學老師、打字員、收銀員等是女性的工作，所以如果問「這個醫生在做什麼？」（What is the doctor doing?），你可能會回答：He is taking the patient's blood pressure. 但我們如果問「這個護士在做什麼？」（What is the nurse doing?），你可能會回答：She is taking the patient's blood pressure. 又如在語尾問句（Tag Questions），我們可能會這麼說：A scientist needs to work late at night, isn't he?，另外，我們也可能會這麼說：A typist needs to work late at night, isn't she?。又在英文裡，我們經常在女性的名

詞後面，加上一個字尾標記，如 heir vs. heiress、hero vs. heroine、equestrian vs. equestrienne 等。而在我們中文裡，男性我們會稱「老闆」，女性卻稱為「女老闆」或「老闆娘」，男性稱為「醫生」，女性卻稱為「女醫」。隨著社會的變遷，女性也大量從事傳統上原為男性為主的工作，這類的現象應該會漸漸改變，如在英文裡，我們說 chair 或 chairperson，卻不說 chairman，我們說 fire fighter 卻不說 fireman。

第十三節　語言規劃 (Language Planning)

在我們的社會生活與人互動中，我們可以藉著語言顯示出我們和別人的權力關係、相互影響、族群身份、社會地位、知識能力、價值觀等。本節的「語言規劃」（有人稱作語言政策，Language Policy）是在1950年代開始，社會語言學家開始注意到一些地域或國家為了現況的需要，制定了語言使用的政策或文字的變革等。關於語言的規劃，我們大致可分為兩種：身份規劃（Status Planning）和語料規劃（Corpus Planning），我們在下面將分別詳細的介紹。

身份規劃

「身份規劃」顧名思義就是規劃一個語言的身份地位，這個規劃運作，尤其是在一個剛獨立的國家更為迫切。一個國家在獨立或合併之前，可能是屬於幾個不同文化的族群，講不同的語言或方言。獨立或合併之後，當政者需決定何種語言為官方語言，何種語言可能要被禁止使用，會議、學校、或是教會等又是該用

何種語言。決定一個語言的身份，往往需考慮到政治、文化、語言差異、和語言人口等因素。

　　在歷史上，有一些有名的關於語言規劃的例子，如在十九、二十世紀時，新獨立的挪威宣稱要脫離丹麥的統治和它們語言的影響，最後爲了妥協兩個族群，認同了挪威的國家語言「瑞士克摩語」（Riskmål）和新挪威語「尼諾斯克」語（Nynorsk）同爲官方語言。而愛爾蘭猶太復國主義者（Zionist）則恢復了希伯來語（Hebrew）爲其官方語言。至於強國取得殖民地的統治權，語言規劃對主政者也是極大的考驗，通常都是權力中心殖民國的語言爲官方語言，如法國即是對其殖民地施行法語教育。又如紐西蘭最後不得不同意，在懷唐伊條約（Treaty of Waitangi）中載明毛利語（Maori）和英語同爲官方語言。南非在後種族隔離時期的語言政策，提供非裔多數族群英語和阿菲利堪斯語（Afrikaans）同樣適切的地位，則是被認爲摧毀種族隔離政策的重要因素。

　　由上面的例子我們可以看出，語言規劃是政治性的活動，通常是由政府或議會決定，有時候它是憲法或法律的一部份。這個規劃通常是決定某個或某些語言在公共場合的使用，如政府、法律、媒體、學校等場合，有些情況則是將語言身份的問題，交給地方去決定。至於什麼叫「官方語言的身份」，認定也有所不同，如加拿大魁北克規定招牌和學校要用法文，在紐西蘭則規定政府的公報要有毛利語的翻譯，在美國的選舉法規，則規定選票要加註少數民族語言，在墨西哥州則規定藥劑師要懂英語和西班牙語兩種語言。

語料規劃

　　當一個語言的身份確定之後，接下來就是要對這個語言做標準化的動作了。標準化的動作除了更精確地訂出標準化的內容，也可能是擴大一些字詞的用法，最明顯的例子就是字彙的現代化和多義化。我們都知道，由於電腦的發展及現代科技的進步，一些新的詞彙不斷地產生。對於這些新的詞彙，語料規劃基本上有兩種作法，一是利用原有的字意義加以擴充，如 mouse 原先的意思是「老鼠」，後來我們就擴充為「電腦滑鼠」的意思，drive 是「駕駛開車」的意思，在電腦方面，我們就引申為「驅動程式」的意思。

　　另外一種方式就是另創新的字，如 diskette（磁碟片）和 megabyte（百萬位元）。有些語言則是借入別的語言已經造出的字，如英語字彙裡面，就借入不少丹麥語、法語、拉丁語、或希臘語。而法國的語言政策，則是要「純淨」的法語，去除一些「英式法語」。早期的語言規劃也包括發展書寫系統，而最普遍被採用的是羅馬字母系統，如土耳其的西化運動，就是將阿拉伯書寫體改成羅馬書寫體。

練習思考題

1. 請大致說明我們是如何界定「語言」和「方言」。
2. 本章提到，大部份的國家或地區都是雙語或多語社會，就以你對台灣語言分佈的了解，說明一下台灣是怎麼樣的一個語言社會？
3. 請用例子解釋什麼是「通用語言」。
4. 請說明禁語和委婉語間的關聯。
5. 請解釋說明「語言轉換」的現象。

第十章

心理語言學
（Psycholinguistics）

第一節　心理語言學概說

　　心理語言學（psycholinguistics）主要是研究，我們如何運用我們天生學習語言的能力，來了解語言和產生語言，也就是我們如何習得語言、如何將語言儲存在我們腦部、又如何利用我們存在大腦裡面的語言倉庫來說話或了解別人講的話。和社會語言學不同的是，它探討的完全是個人的語言行為及語言習得的現象，不是整個社會的語言結構。在本章，我們將首先區分語言學習和習得的不同，隨後我們將列出小孩子語言習得的整個過程。最後，我們要探討雙語或多語小孩，幾種語言在他們的腦子裡是如何運作的。

第二節　語言習得（Language Acquisition）

　　語言是一個很複雜的知識系統，有成千上萬的單字，有複雜的文法規則，但為什麼四、五歲的小孩就能夠將這些單字和複雜

的文法規則存進他的腦袋裡，靈活地運用這個語料庫來表達他所要表達的訊息呢？我們教一個小孩句子的時候，我們沒有教他文法，沒有告訴他主詞需放在動詞的前面、形容詞放在它所要修飾的名詞的前面，但是小孩子似乎把這些文法存進了他的腦袋裡，成了所謂的心智文法，而在講一句話時，能毫不費力地組織他所要表達的意思。到底他的小腦袋瓜裡，是怎麼運作的呢？語言學習研究者克拉申（Krashen）把「學習」（Learning）和「習得」（Acquisition）做區隔，他認為學習是有意識、有系統地去學，甚至是固定的時間、地點在學，如我們在學校學東西一樣，而習得則是無意識的、不費力的、隨時隨地在獲取新的東西，如小孩學習母語一樣。

　　早期的最具代表性的語言學習理論，就是史金納（Skinner）的「行為科學」（Behaviorism）。行為科學在意的是，可觀察到的外在行為，而非影響這些行為的心智系統。以語言習得來說，行為科學家認為小孩子學習語言是靠模仿、強化、類比等類似的過程。但沒多久，這個理論就遭到語言學家杭士基（Noam Chomsky）的駁斥。杭士基提出了內置假說，他認為我們學習語言的本能已內置在我們身體裡，這我們在第一章已經敘述過了。他的主要論點為，小孩子對語言的了解，遠遠超過我們周遭所接觸、所聽到的語言，這又稱為「刺激貧乏」（Poverty of the Stimulus）。也就是說，小孩子所接觸到的語言刺激大部份不完整、沒組織、甚或不合文法的，也沒有任何人教小朋友文法，在這種情形之下，他們所接受到的文法訊息，遠遠比他們所達到的文法水準少得多，所以他們所接受到的文法訊息，其實是很匱乏的。舉例來說，我們句法學提到的「構素」，主張我們在處理語言時，是一個區塊一個區塊在處理的。小孩子沒被教

這種概念，但他們在處理語言時，卻顯示出是一個一個區塊在處理的。又如講英語的小孩子知道「主詞-動詞-受詞」SVO 這個順序，而講日語的小孩子則會用「主詞-受詞-動詞」SOV 這個順序。學語言的小孩子，對語言結構都很敏感的，他們能從散漫的語言輸入中，萃取出其中的規則。

重返杭士基的內置假說

我們在第一章已經提過杭士基的內置假說，即是人類生而會學語言，學習語言的功能設備與生俱來存在，這也是通用文法的一部份。這個假說，雖然無法用科學實證的方式得到證實，但是越來越多的研究證實了這個說法的可信度。首先，我們以生物語言學家 Eric Lenneberg 的觀點來討論。Lenneberg 區分了基因內置行為和學習行為的不同，基因內置行為是普遍存在一種物種的共同行為，而學習行為則是各個不同個體後天分別學到的不同行為，如我們很自然的就會走路、吃飯、說話等，都屬基因內置行為，而學鋼琴、學游泳等，則是屬於學習行為。Lenneberg 列出了幾項基因內置行為的特性，如這些行為在有需求時就已具有、不是有意識的決定、很少是直接教導或大量的學習、這些行為的發展有順序脈絡可循、最後，這些行為的習得通常有一個關鍵期。

依照上述的標準，我們來檢視一下，我們人類語言的習得的行為。首先，我們需要語言來溝通、求生存，這是需求。但是小孩卻在一歲多至兩歲左右就開始學講話，他們並不了解生存、溝通這回事，也不是有意識地決定要學語言，而他們也不需要很正式地被教說話或廣泛地練習。另外很重要的一點是，所有的小

孩不管講什麼語言，母語的習得都有大致相同的順序，即從牙牙學語、重複單音、單個字到兩個字的詞、到最後的完整句子。而許多語言學家也主張，人類語言的習得，有所謂的關鍵期，即約從開始學語言起到約青少年時期。語言習得關鍵期假說雖然還有點爭議，歷史上卻有些例子，讓我們更相信語言習得是有關鍵期的，如前面提到過的「狼人」和「隔離兒」的故事。他們都是從極小的時候就與社會隔離，斷絕了人類語言的刺激。等到他們十幾歲被發現的時候，雖然努力地接觸語言、學習語言，也大量地增加了很多單字，但是卻完全沒有辦法學習句法的組織。這個我們在神經語言學裡，已經有提到過了。

第三節　語言產生的進程

在這一節，我們將探討小孩子習得母語的過程。這一部份我們必須要分兩個階段來談，第一階段是習得聽語、口說的階段，第二階段則為認字、分辨語法的階段。我們都知道我們習得語言的過程是先聽和說，再學會讀和寫的，我們就先從嬰兒的辨識聲音談起。

聽語、口說的習得

一個小嬰兒要能聽懂話當然要先會辨識聲音，研究報告顯示，小嬰兒從出生幾個月後，就會辨識聲音了。研究學者用不同的科學方法，來測試小嬰兒對聲音的反應，其中一個叫「高吸吮頻率」（High Amplitude Sucking）實驗。受測者為僅六個月大

的小嬰兒，他們被放入奶嘴，而這奶嘴被連接到一個發聲系統，他們只要一吸吮，奶嘴就會發出聲音。剛開始小嬰兒可能意識到，他一吸吮奶嘴就發出聲音，覺得很有趣，因此用力地吸吮。但是漸漸地，他們發覺所發出來的聲音都一樣，漸漸地失去了興趣，吸吮的次數也漸漸減少了。可是當發聲系統被換成另一種聲音時，小嬰兒吸吮的次數又提高了，由此實驗我們可以推論，小嬰兒是可以辨識不同聲音的。

在分辨字方面，小嬰兒又是如何分辨一個一個的字呢？我們大人講話通常很少在字與字之間停頓的。有些研究學者認為，小嬰兒可能使用一些策略，來漸漸分辨不同的字，如他們會以重音來分辨，很多字的重音都在第一音節，可能重音一開始就是一個字。又如一個字如果出現在一個句子，或不同句子的不同地方，那麼漸漸地，他就會分辨那個字了。

現在我們再來談談小嬰兒開始牙牙學語的階段（Babbling），小嬰兒約在七個月到十個月之間開始牙牙學語，語言學家把它分成兩個階段，第一個階段叫做重複性兒語（Repeated Babbling），這個時候小嬰兒重複發出一個音節的聲音，如「媽媽媽媽…」，第二個階段叫做「變化性兒語」（Variegated Babbling），在這個階段，小嬰兒開始發出不同音節的音，如「媽媽，爸爸…」

關於小嬰兒的牙牙學語，雖然真正是怎麼樣的一個情況，我們沒辦法精確地說出來，但語言學家卻有一些說法，第一就是，小嬰兒牙牙學語是為了以後發聲說話做練習，慢慢訓練如何發不同的音，第二就是，他們牙牙發聲是為了得到回報。對於小嬰兒的牙牙發聲，父母經常回報以微笑、同樣的兒語、甚或拍手鼓勵小嬰兒繼續發聲。最後一個說法就是，小嬰兒的腦部發展到一個

成熟的階段，就開始牙牙學語了。如果人類腦部的發展是大致一樣的進程，那也就難怪為什麼不同文化的小嬰兒，都有大致一樣的牙牙學語階段。

我們談了小嬰兒的兒語階段，那小嬰兒是如何習得分辨他的母語的語音，並產出有意義的音呢？觀察小嬰兒開始學說話，我們會發覺，他們所發的音與我們大人的標準有差距，我們會認為他們講得不完美，是有錯誤的。漸漸地，他們能分辨不同的音、單音節的字。而子音（C）＋母音（V）的音節，對他們來說是最容易分辨的，這就是為什麼小嬰兒大致都會先講 Papa 和 Mama。研究報告顯示，小嬰兒語音的不完美是大腦發展的過程，隨著小嬰兒的腦部成熟，他們會漸漸達到大人的標準。

單字、語意、句法的習得

下面我們要來進一步探討小孩子習得單字、語意、句法的過程。小孩子直到約十二個月大的時候，才會開始產出單字，這時候我們才有辦法開始研究他們單字和語法的進展。研究報告顯示，不管學習任何語言的小孩，大致都經過相似的語言發展過程，我們可以大致分類成下面幾個階段：

1.一個字的階段（The One-word Stage 或 The Holophrastic Stage）

一個字的階段，顧名思義，在這個階段小孩子經常說出一個字的音，如 no、mine、he 等。但要注意的是，他們有時候把幾個字混在一起講，但他們所講的並不只是單指某物或某事，有時候卻代表他們的意見、要求、詢問等，所以一些語言學家喜歡把

這個階段稱做 Holophrastic Stage。Holophrase 就是「一個字的句子」的意思。

2.兩個字的階段（The Two-word Stage）

在這個階段，小孩通常發出兩個字的音，但這兩個字的音是有系統、有語意的，如動作＋東西（eat candy），動作者＋行動（Mammy sit），擁有者＋擁有物（Papa book）等。這個階段的語言產出，最大的特點就是沒有功能字，如介系詞、助動詞、冠詞等，也缺乏語尾助詞，對小孩來說，這些對他的意思表達都是不重要的。他們講的話就像電報一樣，所以語言學家喜歡把這階段所講的話叫做 telegraphic。

3.晚期的語言發展階段

小孩子開始講三個字的詞語時，有時候是把兩個字的詞語合併在一起，如 Mammy chocolate 和 eat chocolate，他們可能會合併成 Mammy eat chocolate 或者擴展他們兩個字的語詞，如 my book 會擴展成 my big book。

在句法方面，他們漸漸會用功能性語尾詞素，如 -ed、-ing 等，我們現在就以複數字尾 -s 來說，小孩子很早就習得了單字的複數型。小孩子一開始察覺到名詞複數要加 -s，他們就一律加 -s，包括如絲音（名詞字尾是 s，需加 -es 讀 /əz/）或不規則複數變化（如 child → Children，man → men 等），這種情況，我們稱作「過度歸納」（Overgeneralization）。直到約五歲左右，小孩子才能完全掌控複數型的變化。

現在我們再來談談，小孩子如何習得否定句（Negatives）的用法。基本上，小孩子一剛開始的時候會把 no 放在句子的最

前面，如 no I sleep，後來他們會把 no 或 not 夾在主詞和動詞之間，直到大約三歲的時候，他們才會使用 can、will、 do 等助動詞，並把否定標語 not 加在助動詞後面。而在一剛開始，他們也不會區分 something 和 anything，somebody 和 anybody，直到後來他們才會分辨 anything 和 anybody 是用在否定句。

　　最後，我們要來談談小孩子習得問句的情況。小孩子一剛開始，只是將尾音的語調升高，像我們大人一樣，如 Mammy candy？，直到大約三歲的時候，他們才會用 will、can 等助動詞，最後他們才會用 wh- 的問句，如 when、what、why、where等，到最後，他們才會用如我們大人所用的正確的字的順序，如Where are you going?

　　我們從上面小孩子學習語言的進程看來，我們大人所謂的錯誤，其實是有系統、有規律性的，它其實是代表小孩子學習語言的進程。

第四節　雙語或多語的使用

　　如果我說世界上大多數人都講雙語或多語，你會覺得驚訝嗎？你不是也講兩種語言（官方國語和你的母語）嗎？其實比較複雜的問題是，如何界定「雙語使用者」。Bloomfield 認為，雙語使用者必須是兩種語言都像母語一樣地精通，而 Macnamara卻認為，如果一種語言講得像母語般地流利，另一種語言可以約略讀懂，那就是雙語使用者了。其實這兩種極端的說法都有缺失，前者忽略了那些第二語言講得很流利，卻有腔調的一群，而後者則是納入太多人，把稍微會看懂第二語言的，都叫做雙語使

用者，更何況有些語言學家主張，口語才是語言，書寫只是把語言紀錄下來而已。其實，雙語使用者的界定，應該是介於這兩個極端中間，可以分別用兩種語言和講該母語的人士溝通即可。

　　講雙語的人，通常是由不同的情況習得兩種語言，一種叫做同步雙語（Simultaneous Bilingualism），即是出生開始學語言時，就學兩種語言，這有可能是父母在家裡分別講兩種不同的語言，或者是父母在家所講的語言，和小孩子到外面所接觸的語言不一樣，也有的是本來就出生在一個雙語社會。另一種情況叫做逐步雙語（Sequential Bilingualism），就是小孩子出生時先學一種語言，長得比較大的時候再學第二種語言，這有可能是上學後學校教第二種語言，也可能是移民到另外一個國家等因素。各種不同的語言習得情況，都會造成不同雙語人的語言特色。

　　我們先來談談同步雙語人的第一語言學習。所謂的同步雙語人就是指小孩子一開始就同時學習兩種語言，我們把它稱作雙語小孩的第一語言習得，這些小孩的語言特徵就是同時兩種語言混用。有些語言學家懷疑，這是不是由於雙語小孩對其中的某一個語言，甚或兩種語言有所不足的地方，就用另一個語言來代替。但研究結果顯示，情況卻正好相反。同步雙語小孩不但能分辨兩種語言，且會使用兩種語言。研究發現顯示，他們的混用都是很有系統的，比如說，一個英語、西班牙語的雙語小孩，可能會在西班牙語的句子中，有系統的參雜英語，而這些詞彙，可能都傾向於英語的東西，或他在英語課學習的經驗。

　　現在，我們來談談雙語和單語小孩的第一語言習得的一些情況。早期的研究報告確實顯示，雙語小孩的某一種語言比該語言的小孩遲緩。但是1980年後，研究卻有不太一樣的結果。研究學者發現，以前的研究有許多缺失，如拿雙語小孩較弱的那個語

言與該語言的單語小孩比較等。研究學者發現，雙語小孩有比單語小孩較強的抽象認知能力。近期的研究報告，則有比較中庸的說法，即在剛開始學語言的時候，雙語小孩在某些方面，如單字量等，確實比單語小孩遲緩，但在青少年時期就會趕上了。而在認知方面，雙語小孩卻有極大的優勢。另外值得一提的是，一些有關雙語小孩的負面研究結果，其實有可能是周圍環境的外在因素。有些環境可能比較重視某種語言，卻不鼓勵另一個語言，造成雙語小孩對該語言的排斥，絕對不是小孩子的腦容量有限，無法同時處理兩種語言。

　　上面提到過，有大部份的人在年紀較大的時候才學第二語言，這種情況叫做「第二語言習得」（Second Language Acquisition）。如果在年紀比較大的時候學第二語言，則會有所謂的「外國腔調」（Foreign Accent），並由於「僵化」（Fossilization），可能在發音或句法上，無法達到母語人士的標準。第二語言習得的成功與否，由很多因素來決定，最主要的是，學習者的第一語言為何？如果學習者的第一語言和第二語言很相近，那學習第二語言就容易多了，如荷蘭語和英語很相近，講荷蘭語的人就很容易學英語。相反的，講中文的人就比較難學英語，因為中文和英語在語法和發音上差很多。另外，會影響第二語言學習的因素還有學習者的年齡、記憶力、學習動機、環境等。學習動機會激勵一個人講得很流利，而如果在一個講該語言的環境，則該學習者會有比較像母語人士的水準。

練習思考題

1. 請以「內置行爲」和「學習行爲」的論點來說明爲什麼我們支持杭士基的「內置假說」。
2. 請大致說明小孩子學習語言的進程。
3. 雙語小孩和單語小孩，在語言學習上各有什麼優劣勢。

練習思考題解答

第一章

1. 如果我說「我今天學到了一個新的句子」，這句話有沒有問題呢？如果沒有問題，你的理由是什麼？如果有問題，問題又出在哪裡呢？請依本章所討論的人類語言的特性來解釋。

　　理論上，是沒有「學到一個新的句子」這回事。其中的兩個問題就是「學到」和「新的」。「學到」應該是我原本不知道，現在變成知道，比如說一個單字，我原本不懂，現在了解了它的意思，這叫做「學到」。但是了解一個句子，或能說出一個句子，並不是學習的過程，而是我們運用我們小時候學習語言所累積的心智文法，將字詞等排列組合，去了解或產出一個句子，這也就是所謂的人類語言的創造性。

　　另外，就是「新的」這個問題。你怎麼定義新的句子呢？你沒聽過的句子就是新的句子嗎？那你沒聽過的句子有多少呢？人類語言的規則有限，句子卻無限，我們不能說沒聽過的句子就是新的句子。

2. 狗會依照人類的命令動作，鸚鵡會模仿人類說話，那牠們是在學人類的語言嗎？如果是，是為什麼？如果不是，又是為什麼？

　　狗或鸚鵡等似乎能了解人類的命令而據以動作，鸚鵡甚至能模仿人類說話，但這類的反應只能說是行為理論的展現，並不是真正在學人類的語言。也就是「刺激」→「反應」的自然行為，即刺激多了就會產生動作或反應。我們也可以從人類語言的一些特性來說明。如我們所談到的一些人類語言的特性，動物幾乎都沒有。就以人類語言的創造性來說，人類在接受或產出語言的時候，是用頭腦裡面的心智文法，將字詞排列組合，以便了解或產出一個句子，而像鸚鵡會學人類說話，卻沒有辦法創造出新的句子。又以人類語言的移位特性來說，我們人類語言可以表達許久以前或以後（如三千年前），也可以表達很遠或很近（如三千公里的公路），而動物的表達只能限定於「現在」和「這裡」，牠們沒有辦法表達超越時空的概念。另外，人類的語言是靠文化的傳輸，需要周圍語言的刺激，我們遺傳了父母學習語言的本能，卻不是遺傳父母的語言，而以狗來說，牠們不管是接受到什麼樣的語言刺激，不管是在什麼地方，牠們的叫聲都是一樣的。

3. 下列我們周遭的一些符號或標記，請判明是我們人類武斷地訂它們的意思的，還是我們一看就知道它的意思的？

a. 路旁禁止迴轉標記

　　非武斷的

b. 音樂的高音部記號及低音部記號

　　武斷的

c. 捷運車廂內的博愛座圖示

　　非武斷的

d. 考卷答對、答錯的記號

武斷的

e. 視障人士的點字

　　武斷的

f. 道路的斑馬線

　　武斷的

g. 童子軍旗語

　　武斷的

h. 逃生路線的箭號

　　非武斷的

i. 電話區域號碼

　　武斷的

j. 圖書館關門前的音樂

　　武斷的

4. 我們講我們自己的語言，講得很流利，沒有太大的障礙，但要我們理出一套自己語言的文法規則，我們卻有很大的困難，這是爲什麼呢？請由心智文法的觀點來討論。

　　當我們小時候開始學習母語時，並沒有人教我們文法，我們是靠著大量的語言輸入，並藉由嘗試錯誤，歸納出其中的文法規則，這就是存在我們腦海內的心智文法，我們就靠著心智文法來了解接收或產出語言。因此我們學習母語並不需要特別背記文法規則，也無法確切說出母語的文法規則。

#

1.請列出母音和子音基本上不同的地方。

母音和子音基本上不同的地方在於：

a.母音比子音好發音，發母音的時候，基本上從肺部上升的氣流沒有受太大的阻礙。而在發子音的時候，氣流會在不同的發音部位受到不同程度的阻擋。

b.母音可以單獨發音自成一個音節，是音節的核心，而子音卻沒有辦法單獨存在發音。

c.子音是以發聲的位置和發聲的方式來區分不同的音，而母音則是以舌頭和嘴唇的位置或形狀等來區分不同的音。

2.請說明我們人類發音的時候是如何造成鼻音和口腔音的。

人類口腔內的軟顎的移動是決定所發出來的音是鼻音或口腔音的關鍵。如果在發音的時候，軟顎上升，阻擋了氣流從鼻腔出去，那氣流就只能從口腔出去，這樣發出來的音就是口腔音。如果在發音的時候，軟顎下降，氣流可以同時從鼻腔和口腔出去，那就是鼻音。

3.下面這些音，哪些是有聲子音，哪些是無聲子音呢？

[s]　[f]　[ð]　[z]　[d]　[dʒ]　[b]　[g]　[ŋ]　[w]　[v]　[p]

有聲子音：[ð] [z] [d] [dʒ] [b] [g] [ŋ] [w] [v]

無聲子音：[s] [f] [p]

4. 下面各組的音，是哪些語音特性造成這兩個音的不同呢？

   a. [p]　[b]　　有聲和無聲
   b. [ʧ]　[ʤ]　　有聲和無聲
   c. [o]　[ɔ]　　緊母音和鬆母音
   d. [k]　[g]　　有聲和無聲
   e. [n]　[ŋ]　　齒槽音和軟顎音
   f. [s]　[z]　　有聲和無聲
   g. [u]　[ʊ]　　緊母音和鬆母音
   h. [l]　[r]　　側邊流水音和中央流水音

5. 請舉例列出英語中的雙母音和半母音，並分別說明它們的語音特性。

   英語中的雙母音是指兩個母音結合在一起，連續發音，即是發音時由一個母音滑到另一個母音，如 aɪ, aʊ, ɔɪ 等。

   而英語中的半母音則是指子音中 [j] 和 [w] 兩個走滑音，這兩個子音和母音的發音非常相近，發音時都不太受阻擋，而差別在於它們不像母音一樣，可以當作一個音節的核心。

6. "kid" 和 "skid" 這兩個字中的 [k] 的發音有一樣嗎？請說明。

   理論上，這兩個 [k] 音發音都一樣，但因 [k] 是無聲子音，如果後面是接有聲子音或母音時，聲帶必須關閉，才能引起震動，發出聲音，而我們又依聲帶關閉的時間，將每個無聲子音區分為氣音和非氣音。當我們在發音 kid 時，[k] 關閉的

時間較慢，讓氣流可以短暫時間跑出來，我們稱作是氣音，而
skid 中的 [k] 則關閉較快，氣流無法跑出來，我們稱之為非氣
音。

7. "pencil" [pɛnsl] 和 "bottom" [bɑtm] 分別是幾個音節呢？你如何分析
它們的音節？

"pencil" [pɛnsl] 和 "bottom" [bɑtm] 都是三個音節，我們可以分
析如下：

"pencil" [pɛnsl] 的三個音節分別是：[pɛn]、[s]、和 [l]，其中
[s] 本應是 [sə] 而 [ə] 音在標音標時省略掉了，而最後一個音節
[l]，是可以單獨存在當音節的子音。

"bottom" [bɑtm] 的三個音節則分別是：[bɑ]、[t]、和 [m]，其
中 [t] 本應是 [tə]，而 [ə] 音在標音標時省略掉了，而最後一個
音節 [m]，是可以單獨存在當音節的子音。

第三章

1. 依照本章所示範的分析英語複數型的方式，舉例分析英語的過去
式，說明過去式的音素（-ed）在什麼情況下發什麼音。寫出它的規
則後，並依圖表表示。

我們先將一些過去式的例子列出如下：
第一組字：
grab [græb], grabbed [græbd];

hug [hʌg], hugged [hʌgd];

faze [fez], fazed [fezd];

roam [rom], roamed [romd]

第二組字：

reap [rip], reaped [ript];

poke [pok], poked [pokt];

kiss [kɪs], kissed [kɪst];

patch [pætʃ], patched [pætʃt]

第三組字：

gloat [glot], gloated [glotəd];

raid [red], raided [redəd]

由上面的例子，我們可以理出一套規則，就是如果一個動詞的最後一個音是有聲子音，那麼過去式就要發有聲的 [d]（基本規則），如果最後一個音是無聲子音，那麼過去式就要發無聲的 [t]（規則1），如果最後一個音同樣是 [t]、[d] 等齒槽音，那麼發音時，必須要在 [d] 音之前插入 [ə] 讀成 [əd]（規則2）。如果以圖表表示，我們可以畫出如下的表：

	grab 過去式	reap 過去式	gloat 過去式
照基本規則應是	[græb + d]	[rip + d]	[glot + d]
適用規則1	不適用	不適用	d 前面加 ə
適用規則2	不適用	d 改成 t	不適用
實際發音的展現	[græbd]	[ript]	[glotəd]

2. 下面幾組音均非英語，但其英語意思均寫在旁邊的引號內，請指出哪些是最小音對。

a. [telʌm] "book"   [tɛlʌm] "book"

b. [bækt] "towel"   [pækd] "close"

c. [miska] "bowl"   [miʃka] "little mouse"

d. [kətɑge] "letter"   [kətɑge] "paper"

e. [sudɪ] "trials"   [sjudɪ] "hither"

f. [lɪs] "fox"   [lɪʃ] "lest"

a. c. d. e. f 是最小音對

3. 下面的語料為奧奈達語，請用下面提供的表格判定 [s] 和 [z] 是不是互補分佈。某音在某個音韻環境下如果出現就打（V），看看是不是一個出現，一個就不出現，或者有兩個同時都可出現的情況。

[lashet] "let him count"   [kawenezuze?] "long words"

[la?sluni] "white men"   [khaiize] "I'm taking it along"

[loteswatu] "he's been playing"   [lazel] "let him drag it"

[shahnehtat] "one pine tree"   [tahazehte?] "he dropped it"

[thiskate] "a different one"   [tuzahatiteni] "they changed it"

[sninuhe] "you buy"   [wezake] "she saw you"

[wahsnestake?] "you ate corn"

	#___	___C	C___	V___V
[s]	v	v	v	
[z]				v

如果 [s] 出現，[z] 就不出現，如果 [z] 出現，[s] 就不出現。

4. 下面語料是加拿大東部的一個語言,請分析看看 [u] 和 [a] 是一個音
   位的同音素,還是兩個不同的音位?

   a. [iglumut] "to a house"   f. [aniguvit] "if you leave"
   b. [ukiaq]   "late fall"   g. [ini]   "place, spot"
   c. [iglu]   "(snow) house"   h. [ukiuq]   "winter"
   d. [aiviq]   "walrus"   i. [ani]   "female's brother"
   e. [pinna]   "that one up there" j. [anigavit] "because you leave"

   由上面的語料可以發現最小音對,如 b 和 h 及 g 和 i。另外,
   [u] 和 [a] 都可同時出現在字首,所以它們是兩個不同的音位。

5. 請寫出下列各組音中,區分它們不同的特性。要注意的是,區分它
   們不同的特性不一定只有一個喔。

   a. [i] / [ɪ]   緊母音和鬆母音
   b. [s] / [q]   無聲子音和有聲子音;齒槽音和齒間音
   c. [b] / [m]   口腔音和鼻音
   d. [f] / [v]   無聲子音和有聲子音
   e. [l] / [r]   側邊流水音和中央流水音
   f. [θ] / [ð]   無聲子音和有聲子音
   g. [ʧ] / [ʤ]   無聲子音和有聲子音
   h. [k] / [g]   無聲子音和有聲子音
   i. [o] / [ɔ]   緊母音和鬆母音
   j. [n] / [ŋ]   齒槽音和軟顎音

6. 將下列的敘述規則以符號表達。

a. Alveopalatal africates become fricatives between vowels.

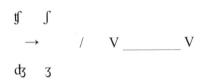

ʧ   ʃ

→   /   V _____ V

ʤ   ʒ

b. A schwa is inserted between a voiceless bilabial stop and voiced lateral
liquid.

Ø → ə / p _____ l

7. 將下列的符號改以敘述規則表達。

a. f   v

s   →   z / V _____ V

θ   ð

ʃ   ʒ

Voiceless consonants become voiced between vowels.
無聲子音在兩個母音間變成有聲子音。

b. i → ɪ / _____ #

e   ɛ

Tense vowels become lax vowels at the end of a syllable.
緊母音在一個音節之後變成鬆母音。

第四章

1. 請說明我們如何將字分類為實體字和功能字，這樣的分法在醫學上和心理學上有什麼意義呢？

　　我們將字分類為實體字和功能字，實體字主要包括名詞、動詞、形容詞等，而功能字則包括介系詞、連接詞、冠詞、代名詞等。我們之所以這樣分，是因為研究證實，實體字和功能字是由我們左腦不同的部位在負責的。對於腦部受傷的患者，我們只要觀察其對實體字和功能字的反應，如說出或了解某類字，便可大致推斷出患者腦部受傷的部位，在醫學上有很大的幫助。另外對正常人來說，研究報告顯示，當我們不小心說溜了嘴、講錯話的時候，我們通常是不會把實體字和功能字混用的，這更證明了實體字和功能字是由我們左腦不同的部位在負責的。

2. 下面的字請填入它們詞素的數目，並分別列出其中的自由詞素和限制詞素。

單字	詞素的數目	自由詞素	限制詞素
a. denationalize	4	nation	de- , -al-, -ize
b. globalization	4	globe	-al, -ize-, -ation
c. easiest	2	easy	-est
d. striven	2	strive	-en

單字	詞素的數目	自由詞素	限制詞素
e. amazement	2	amaze	-ment
f. reusable	3	use	re-, -able
g. punishment	2	punish	-ment
h. unbelievable	3	believe	un-, -able
i. comfortable	2	comfort	-able
j. activation	4	act	-ive, -ate-, -ion

3. 請分別說明，下面的字是以何種方式進入單字的語料庫裡呢？

a. paparazzi	名祖字
b. televise	逆構詞
c. turncoat	複合字
d. flatfoot	複合字
e. gas	縮減詞
f. SARS	部頭語
g. camcorder	混合字
h. spork	混合字
i. laundromat	混合字
j. NASA	部頭語

4. 下面的語料是蘇門答臘地區的一個語言，請分析其語料後分別回答下列的問題。

[deŋgán]	"good"	[duméŋgan]	"better"
[tíbbo]	"tall"	[tumíbbo]	"taller"
[rɔá]	"ugly"	[rumɔa]	"uglier"
[gokan]	"full"	[gumokán]	"fuller"

| [rahis] | "steep" | [rumáhis] | "steeper" |
| [holom] | "dark" | [humolom] | "darker" |

a. 比較級的詞素是什麼？

　-um-

b. 這個詞素是屬於哪一類的字綴？

　字腰

c. 如果 [datu] 是"wise"的意思，那"wiser"怎麼寫？

　dumatu

d. 如果 [sɔmal] 是"usual"的意思，那"more usual"怎麼寫？

　sumɔmal

e. 如果 [ʤumɛppɛk] 是"shorter"的意思，那"short"怎麼寫？

　ʤɛppɛk

f. 如果 [lumógo] 是"drier"的意思，那"dry"怎麼寫？

　lógo

第(五)章

1. 請寫出下面句子的真實條件。

　a. 瑪莉告訴班上同學說她已經結婚了。

　　如果確實有瑪莉這個人，她也確實告訴班上同學她已經結婚了，那這句話就是對的，否則的話，這句話就是錯的。

b. 傑克認爲感恩節是在五月三十日。

如果確實有傑克這個人，他也確實認爲感恩節是在五月三十
日，那這句話就是對的，否則的話，這句話就是錯的。

2. 請說明下面的句子是什麼語意現象呢？

a. 獨生女是父母唯一的女兒。

贅述

b. 請跟著我唸：我唸一句，你就唸一句。

贅述

c. 小孩是父母的老師。

悖論

d. 皇后已經和國王結婚了。

贅述

e. 你如果不去我就不去；你去我才去。

贅述

f. 下面的句子是對的；上面的句子是錯的。

悖論

g. 瑪莉今天生病請病假；瑪莉今天上課有問題。

矛盾

h. 失去越多，得到越多。

悖論

i. 人越多的地方，越覺得寂寞。

悖論

j. 傑克沒通過大學入學考試；傑克是準大學生。

矛盾

3. 請說明下列的相反詞是屬於哪一類的相反詞。

　　a. buy, sell

　　　關係相反詞

　　b. tall, short

　　　對比相反詞

　　c. interviewer, interviewee

　　　關係相反詞

　　d. bright ; dark

　　　對比相反詞

　　e. good ; bad

　　　對比相反詞

　　f. dead ; alive

　　　互補相反詞

　　g. male ; female

　　　互補相反詞

　　h. high ; low

　　　對比相反詞

　　i. pull ; push

　　　互補相反詞

　　j. true ; false

　　　互補相反詞

4. 請說明下列每一組字是什麼關係。

　　a. sofa ; couch

　　　相似詞

b. musical instrument ; guitar

下義詞

c. present (gift) ; present (to demonstrate)

異音異義

d. smart ; bright

相似詞

e. single ; married

相反詞

f. feline ; cat

下義詞

g. large ; big

相似詞

h. direct ; indirect

相反詞

i. stationery ; envelope

下義詞

j. doctor ; patient

相反詞

5. 請以下面幾個字,畫出語意屬性矩陣圖,你可以自行列出相關的語意屬性,並找出它們是不是有共通的語意屬性。

a. 電視

b. 平面雜誌

c. 電腦網路

d. 教科書

e. 書桌

f. 隨身碟

	使用電力	紙本	家具	提供知識	大眾媒體
電視	+	−	−	+	+
平面雜誌	−	+	−	+	+
電腦網路	+	−	−	+	+
教科書	−	+	−	+	−
書桌	−	−	+	−	−
隨身碟	+	−	−	−	−

依所列出的語意屬性，這幾個字並沒有共通的語意屬性。

6. 請說明下面斜體字的部份是扮演什麼主題角色。

a. I take a fairly *relaxed attitude* towards what the kids wear to school.

theme（收受者）

b. The ball rolled *into the hole*.

goal（目標）

c. I caught *the next plane* to Dublin.

theme（收受者）

d. I only play *jazz* as a hobby.

theme（收受者）

e. Hellen heard *the loud ticking* of the clock in the hall.

experiencer（經驗者）

f. You'll pass *a bank* on the way to the train station.

theme（收受者）

g. They went to Italy *on a coach tour*.

instrument（工具）

h. I bought *a handbag* on my way home.

theme（收受者）

i. *The typhoon* destroyed everything in my garden.

causative（自然的力量）

j. I opened the machine *with a screw driver*.

instrument（工具）

第六章

1. 下面的情況，請分別說明對話者違反了什麼對話守則。

a. 蘇珊：老闆今天晚上要和一個女的去吃飯。

瑪莉：那他太太知道嗎？

蘇珊：知道，那個女的就是他太太。

蘇珊違反了什麼對話守則？

違反了量的守則，因爲她沒有提供足夠的資訊。

b. 小明：請問下一班到台中的火車是幾點呢？

路人甲：我不知道耶。

路人乙：三點二十（其實他並不曉得）。

路人丙：如果要到高雄的話是三點二十。

路人丁：我實在不喜歡搭火車，常常沒有位置。

路人甲、乙、丙、丁分別違反了什麼對話守則？

　　路人甲，沒有違反任何守則。

　　路人乙，違反質的守則。

　　路人丙，違反了行為守則。

　　路人丁，違反相關性守則。

2. 請寫出下列句子的先決條件假設。

　　a. 小明，你在跟誰講話？

　　　小明在和某人講話。

　　b. 小美，日本好不好玩？

　　　小美去過日本。

　　c. 我的妹妹明天要來看我。

　　　我有一個妹妹。

　　　我沒有和我的妹妹住一起。

　　d. 如果我有辦法，我早就幫你了。

　　　我沒有辦法幫你。

　　e. 現在你假裝是我的客戶。

　　　你不是我的客戶。

3. 請寫出下列句子的語意延伸。

　　a. 我喜歡喝伯爵茶。

　　　我喜歡喝茶。

　　b. 我曾經到過肯亞。

　　　我曾經到過非洲。

　　c. 你喜歡小美還是小英送你的禮物？

　　　小英和小美都有送你禮物。

　　d. 我有一部電子字典。

　　　　我有字典。

　　e. 小明通過了這次的學測考試。

　　　　小明有去參加學測考試。

4. 請寫出下列句子或對話的聯想，要注意的是答案可能不只有一個。

　　a. 瑪莉今天請假沒來上課。

　　　　瑪莉生病。

　　　　瑪莉今天有事。

　　　　瑪莉藉理由翹課。

　　b. 約翰：你要不要點魚？

　　　　瑪莉：我對魚過敏。

　　　　瑪莉不要點魚。

　　　　瑪莉說明理由不要點魚。

　　c. 約翰：今天晚上要不要和我們去玩？

　　　　瑪莉：我明天有考試。

　　　　瑪莉不能和約翰他們出去玩。

　　　　瑪莉不想和約翰他們出去玩。

　　d. 約翰：你向圖書館借的書都還了嗎？

　　　　瑪莉：「語言學概論」我還了。

　　　瑪莉只有還語言學概論的書。

　　　瑪莉還了所有向圖書館借的書，包括語言學概論。

　e. 約翰：你有告訴傑克了嗎？

　　　瑪莉：電話忙線中。

　　　瑪莉有和傑克電話連絡，但沒連絡上。

　　　瑪莉藉口電話忙線中，但其實她不想要告訴傑克。

5. 下面的情況，你怎麼分別用直接和間接的方式表達？

　a. 考試的時候，你發現你的一個好朋友作弊，你怎麼跟他說呢？

　　　直接：希望你考試不要作弊。

　　　間接：你認為考試作弊對其它同學公平嗎？

　b. 你的同學向你借了重要的課堂筆記，都要考試了還不還你，你怎麼跟他說呢？

　　　直接：請你把我的筆記還我。

　　　間接：如果我記得沒錯的話，我的筆記好像在你那邊喔。

第七章

1. 請用構素測試法測試下面畫底線的部份是否為構素。

　a. There was a dispute between the two countries <u>about the border</u>.

about the border 爲一構素，可用「單獨存在」法測試：

What is the dispute between the two countries about?

About the border.

b. Let's <u>go hunting</u> tomorrow.

going hunting 爲一構素，可用「單獨存在」法測試：

What are we going to do tomorrow?

Go hunting.

c. I had a cheese <u>and mushroom omelet</u> this morning.

and mushroom omelet 非爲一個構素。

d. The children were chasing <u>each other's shadows</u>.

each other's shadows 爲一構素，可用「單獨存在」法測試：

What were the children chasing?

Each other's shadows.

e. <u>The trip turned into</u> a nightmare when they both got sick.

The trip turned into 非爲一個構素。

f. These are <u>fossils over two million years old</u>.

fossils over two million years old 爲一個構素，可用「單獨存在」法測試：

What are these?

Fossils over two million years old.

g. He gave me detailed instructions on how to get there.

details instructions 爲一個構素，可用「代名詞代替」法測試：

He gave me these on how to get there.

h. We had to make a detour around the flooded fields.

a detour around 非爲一個構素。

i. Full details are given in Appendix 1.

in Appendix 1 爲一個構素，可用「單獨存在」法測試：

Where are full details given?

In Appendix 1.

j. There is still time to change your mind.

to change your mind 爲一個構素，可用「區塊移動」法測試。

To change your mind, there is still time.

2. 請畫出下列句子的結構樹狀圖。

    a. His pencil is in the drawer.

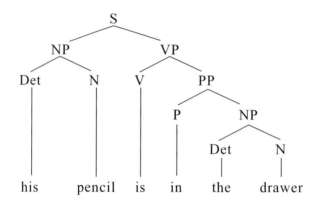

    b. The hard-working student won the championship.

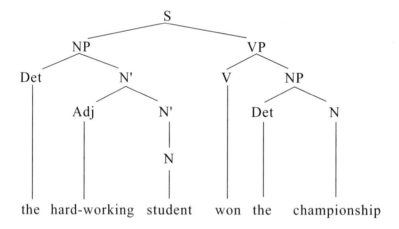

c. I bought a computer game yesterday.

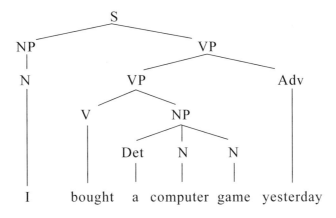

d. The boy studied in a library with many sources.

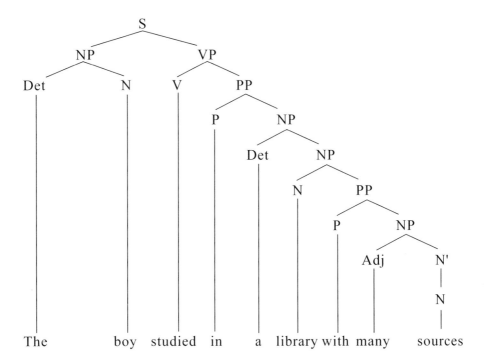

e. Betty seems very happy.

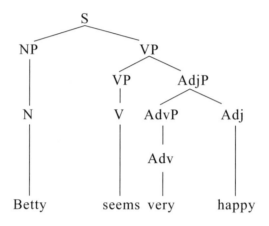

f. Mary felt frustrated that she failed the entrance exam.

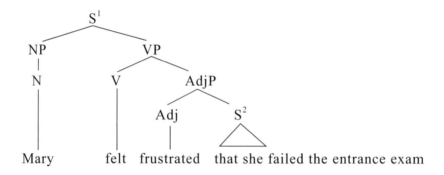

g. Our teacher is nice and enthusiastic.

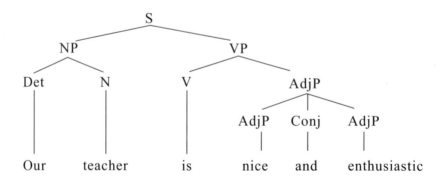

h. I will meet you in the restaurant tomorrow.

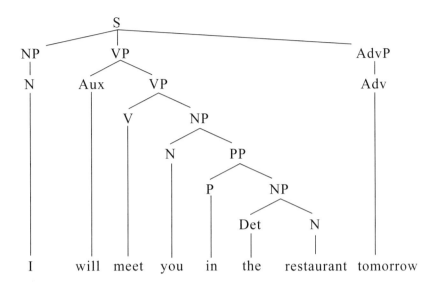

i. I have been studying English for many years.

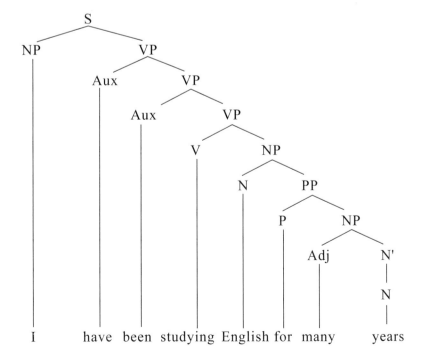

j. The girl whom I like can dance very well.

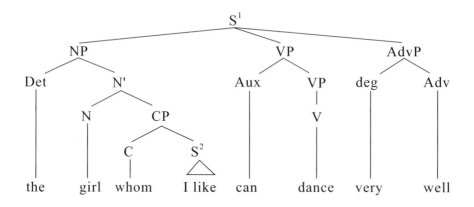

3. 下面的句子，請依「選擇」的概念，說明問題出在哪裡。

a. *The book ate a computer yesterday.

ate (eat) 這個動詞需要會動的人類或其它動物當主詞。

b. *I lent him.

lent (lend) 為雙及物動詞，後面需要有一個直接受詞和一個間接受詞。

c. *Please put the book.

put 後面的受詞需要一個介系詞片語指示地點。

d. *The computer is eating a stone.

eating (eat) 的主詞需要是會動的人類或其它動物，而其受詞則需要是可吃的東西。

e. *The piece of paper is crying.

crying (cry) 這個動詞需要有會動的人類或其它動物當主詞。

4. 下面兩個句子結構混淆，各有兩個不同的意思，請分別以樹狀圖展現不同意思的不同結構。

a. Jack argued with his classmate with sufficient evidence.

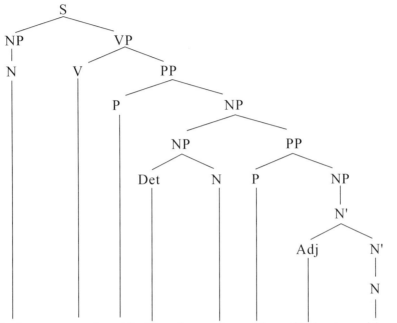

Jack　argued　with　his　classmate　with　sufficient　evidence

(Jack argued with his classmate who has sufficient evident)

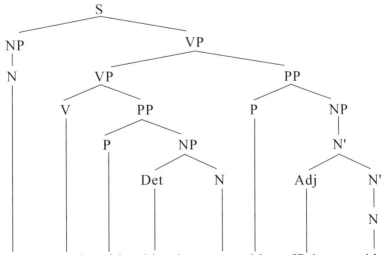

Jack　argued　with　his　classmate　with　sufficient　evidence

(Jack used sufficient evidence to argue with his classmate)

b. The stainless spoon and plates are on the desk

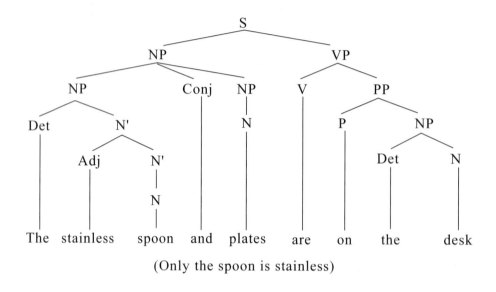

(Only the spoon is stainless)

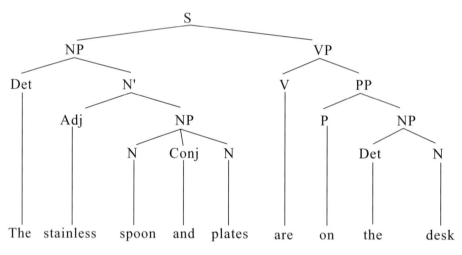

(Both the spoon and the plates are stainless)

第八章

1. 請大約敘述一下，人類的腦部在我們產出或接受、了解語言時是如何運作的。

　　如果我們要產出一個字，我們腦部的韋尼克區會首先啟動，搜尋我們腦部內的字庫，然後透過拱形纖維素傳輸到布洛卡區，布洛卡區然後解讀這些資訊，將所必須要參與的發聲器官的資訊傳輸給運動皮層，牽引肌肉動作，發出聲音來。反過來，如果是接受或聽到一個字的話，則這個刺激會由耳朵進入聽覺皮層或視覺皮層（手語）。如果這個刺激搜尋到了腦內字庫的單字時，韋尼克區就會啟動或者角腦回會啟動視覺皮層（影像書寫），解讀所接受到的字。

2. 請由本章所提供的一些訊息，歸納出人類語言的運作是由左腦控管的一些證據。

　　人類語言的運作是由左腦控管，可由早期的一些研究報告看出一些端倪。如法國學者布洛卡和德國學者韋尼克研究失語症患者，發現他們都是左腦的某部位受損。而後來的研究也發現，左腦管語言的不同部位如果沒有辦法正常傳輸，就會產生不同的語言障礙，這更可證明，人類語言的運作是由左腦控管。

3. 如果我說，人類的語言之所以一直進步、越趨複雜，是因爲人類的
發聲器官越趨發達，你同意還是不同意，爲什麼呢？

　　這個論點並不能成立。首先，語言的習得並不一定得靠發
聲器官，如喑啞人士並不能發聲，但他們卻能學習語言，即
所謂的手語。而手語複雜的程度絕不輸聽語人士所使用的口
語。另外，鸚鵡，八哥等會學人類說話，但它們的發聲只是一
種「刺激」→「反應」的行爲反應，並不具有人類語言的創造
性、武斷性、移位特性等等，所以人類語言的習得是較高的認
知層次的活動，而非僅發音的機械層次的活動。

1. 請大致說明我們是如何界定「語言」和「方言」。

　　「語言」和「方言」其實並不能很明確地做界定，語言學
家也經常會有不同的意見，我們不能說較多人使用的或官方使
用的就是語言，因爲這常會有政治或社會因素的考量。
　　爲了解決界定語言和方言的問題，有語言學家就提出了一
個簡單易懂的界定方法，就是語言是多種近似的方言所組成，
方言與方言間有些微的音調與用字的不同，但使用者是能互相
了解的。如果兩個方言發展到彼此互相不了解，那就是兩種語
言了。如以英語來說，英語系國家如英國、美國、澳洲等，他
們講的英語各有不同的腔調，但能彼此了解，因此如英語爲一
個語言，那美式英語、英式英語、澳洲英語就分別是英語這個
語言下的不同方言。

2. 本章提到，大部份的國家或地區都是雙語或多語社會，就以你對台灣語言分佈的了解，說明一下台灣是怎麼樣的一個語言社會？

　　基本上，在台灣共通的語言即是所謂的國語，是北京當地使用的語言。而在台灣不同的地域，不同的族群也分別有其個別的語言，如台語、客語、原住民語等。另外，由於台灣社會的變遷，也產生了另一個所謂「新住民」的族群，即越來越多的東南亞地區或其它國家的人士與台灣地區的居民通婚，而定居在台灣。這些外籍人士與其子女也造成了台灣語言社會的另一個現象，這些外籍人士因為來自不同的國家，分別講不同的母語，而有相同文化背景的外籍人士無形中會聚集在一起，發展出不同的語言族群，而他們的小孩也由於接觸父母兩種不同語言的環境，也漸漸發展出能講兩種語言的雙語人。

3. 請用例子解釋什麼是「通用語言」。

　　通用語言（Lingua Francas）原先是指在中古世紀，在地中海港口，貿易所使用的一種類似現今義大利語的語言。後來引申為，兩個人或兩個族群，他們互相不懂對方的語言，而必得要以雙方都了解的語言來溝通，這語言就是所謂的通用語言。目前世界語言的使用情形，以英語為母語或為第二語言及外語使用者為最多，如果不同語言族群的人溝通，通常是以英語來溝通，因此英語被稱為世界的通用語言。

4. 請說明禁語和委婉語間的關聯。

禁語是在語言使用中，被視為禁忌的詞彙，這可能是由於文化、認知等的因素。由於有些禁忌的語言，語言使用者必得要創造出較為能被接受的詞彙來代替，這就是所謂的委婉語。所以委婉語是應運禁語的禁用而產生的，如在英語中，die 是禁忌的詞彙，講英語的人士就用比較委婉的說法 pass away 來代替。

5. 請解釋說明「語言轉換」的現象。

「語言轉換」主要是雙語人士溝通時的特有現象，指雙語人士在與同是雙語人士交談時，如果雙方都熟知同樣的兩種語言，那他們就會不知不覺中混用兩種語言，這就是所謂的語言轉換。而這種情況並非對其中的一個語言的不足，反而是對兩種語言的熟知，所以可以靈活地運用兩種語言。

1. 請以「內置行為」和「學習行為」的論點來說明為什麼我們支持杭士基的「內置假說」。

杭士基的內置假說是指，人類學習語言的功能和結構是與生俱來的，就和走路、吃飯、說話等一樣。這些能力，在有需求時就已經具有，不是有意識的決定要學，也不需要大量的被教，而這些行為能力的養成，幾乎都有一定的循序漸進的程序可循。而 Lenneberg 定義「學習行為」是因需求而從事的行為，如為了溝通、生存等。雖然小孩學習語言可用來溝通，

也是生存必要的條件，但小孩子卻在他們了解溝通、生存這些事情之前就在學習，不像是學習音樂、游泳、舞蹈等是因為興趣、天賦等因素而學。而且研究發現，小孩子學習語言，都有大致一定的進程模式，因此我們傾向於支持杭士基的內置行為假說。

2. 請大致說明小孩子學習語言的進程。

　　小孩子學習語言的進程，我們可以分別以口語和書寫來談。在口語方面，小嬰兒先學會辨識不同的聲音，接下來就會分辨不同的字。而在口說方面，小嬰兒開始先牙牙學語，接下來就是產出一個字的階段，有時甚至一個字代表一個句子。接著他們會進入到兩個字階段，而這兩個字是有語意的，如動作＋東西，動作者＋行動等。最後到了晚期的語言發展階段，漸漸會講出一個句子，也漸漸會使用功能性語尾詞素，造出否定句、疑問句等。

3. 雙語小孩和單語小孩，在語言學習上各有什麼優劣勢。

　　雙語和單語小孩，在語言學習上各有其優劣勢。首先，雙語小孩因為一次學兩種語言（雖然學語言的情況及對兩種語言精通的程度有所不同），雙語小孩的某一種語言可能會比該語言的單語小孩進度比較遲緩，但研究報告卻發現，雙語小孩有比單語小孩較強的抽象認知能力。而單語小孩因為僅專注在單一的語言，如單字量等確實優於雙語小孩，但在認知方面，卻是雙語小孩佔優勢。

國家圖書館出版品預行編目資料

英語語言學概論／王藹玲著.--初版.--臺北
市：五南圖書出版股份有限公司, 2016.07
　　　面；　　公分.
ISBN 978-957-11-8650-4（平裝）

1.英語　2.語言學

805.1　　　　　　　　　　105009788

1XON

英語語言學概論

作　　者 — 王藹玲(6.6)

發 行 人 — 楊榮川

總 經 理 — 楊士清

總 編 輯 — 楊秀麗

副總編輯 — 黃文瓊

責任編輯 — 吳雨潔

封面設計 — 陳翰陞

內文繪圖 — 劉好音

出 版 者 — 五南圖書出版股份有限公司

地　　址：106台北市大安區和平東路二段339號4樓

電　　話：(02)2705-5066　　傳　　真：(02)2706-6100

網　　址：https://www.wunan.com.tw

電子郵件：wunan@wunan.com.tw

劃撥帳號：01068953

戶　　名：五南圖書出版股份有限公司

法律顧問　林勝安律師事務所　林勝安律師

出版日期　2016年 7 月初版一刷
　　　　　2021年10月初版二刷

定　　價　新臺幣350元

經典永恆・名著常在

五十週年的獻禮 —— 經典名著文庫

五南，五十年了，半個世紀，人生旅程的一大半，走過來了。

思索著，邁向百年的未來歷程，能為知識界、文化學術界作些什麼？

在速食文化的生態下，有什麼值得讓人雋永品味的？

歷代經典・當今名著，經過時間的洗禮，千錘百鍊，流傳至今，光芒耀人；

不僅使我們能領悟前人的智慧，同時也增深加廣我們思考的深度與視野。

我們決心投入巨資，有計畫的系統梳選，成立「經典名著文庫」，

希望收入古今中外思想性的、充滿睿智與獨見的經典、名著。

這是一項理想性的、永續性的巨大出版工程。

不在意讀者的眾寡，只考慮它的學術價值，力求完整展現先哲思想的軌跡；

為知識界開啟一片智慧之窗，營造一座百花綻放的世界文明公園，

任君遨遊、取菁吸蜜、嘉惠學子！